樂讀456 ——— 082

神奇柑仔店12

神祕人與駱駝輕鬆符

文 廣嶋玲子 圖 jyajya 譯 王蘊潔

目錄

幫手
餅乾

序章

深夜時分，一個男人獨自坐在家庭餐廳的角落。他年紀很輕，但是臉上掛著自暴自棄的表情，還像老人一樣駝著背。他的眼神很凶狠，充滿了怨氣。

其他客人都不敢看他，就連服務生也盡可能遠離他，不看他一眼。因為只要和他對上眼，他就會無理取鬧的問：「你對我有意見嗎？」

這種人應該關在家裡別出來才對。

但是這個男人幾乎每天晚上都會來這家家庭餐廳，而且總是一個人喃喃自語，小口喝著平價咖啡，一坐就是很長的時間。

然而，這天晚上和平常不一樣。

有個客人向那個男人搭話。

「打擾一下，請問你是北島先生嗎？你是不是赫赫有名的美髮教主北島先生？」

「喔，好久沒有人用這個稱號叫我了，畢竟我現在變成了喪家犬北島。你是誰啊？」

北島看著對方。那個男人看起來五十多歲，穿了一身很高級的西裝，臉型消瘦，言談舉止很溫柔，看起來像是銀行的分行經理，不對，很像是經營當舖多年的老闆。

男人露出燦爛的笑容說：

「我是誰並不重要，我比較想聽你的故事。剛才聽到你說的話很有意思，你說你跌落美髮教主的神壇，以及之後發生車禍，全都是因為某家柑仔店嗎？」

「沒錯！就是這樣！」

北島蒼白浮腫的臉，因為憤怒而漲得通紅。

「可惡！都是那家柑仔店害的！那家柑仔店毀了我的人生！如果沒有吃那裡的零食，我、我、我、我現在一定是成功的美髮師！」

「可以請你跟我說這個故事的細節嗎？」

「你想聽我的故事？」

「對，我洗耳恭聽。」

「只要你請客，我就告訴你。」

北島舔了舔嘴脣，露出一副窮酸相。於是，男人遞給他一張一萬元紙鈔說：

「如果不夠，我可以再給你。請你告訴我事情的經過，要從頭開始說。你是怎麼找到那家柑仔店的？然後你買了什麼東西？」

北島搶過一萬元紙鈔，開始滔滔不絕的說了起來。

1 駱駝輕鬆符

「嗚嗚，好、好冷！」

大地渾身發抖，吐出來的氣都變白了。

現在的氣溫接近零度。一方面是因為晚上的關係寒風刺骨，手指和腳趾都凍僵了，耳朵和鼻子也痛死了。

大地看向前方，前面大排長龍，隊伍根本沒有前進。

大地不耐煩的對站在身旁的爸爸說：

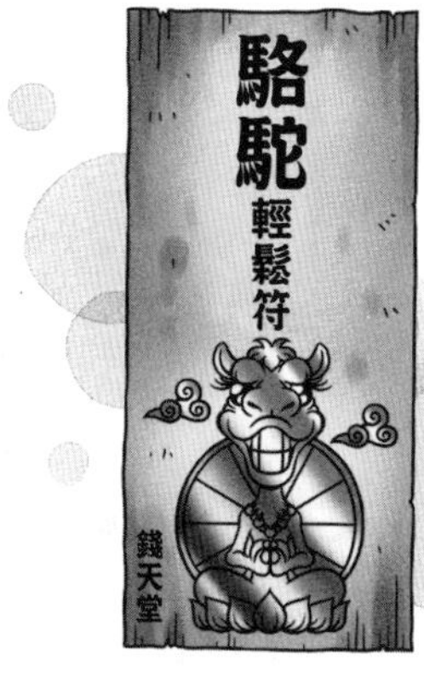

「我可以先回家嗎？現在哪有人會在新年來神社參拜啊？早就不流行了。」

沒錯，在這新年之初，大地和家人一起來住家附近的神社參拜。每個人的臉上都帶著期待的表情，好奇新的一年會是怎樣的一年，只有大地一個人板著臉。

大地目前是即將要上高中的國中三年級學生，花了很長的時間為高中會考做準備。他在補習班苦讀，爸媽也禁止他和同學出去玩。大地的壓力越來越大。他原本就不喜歡讀書，他不懂為什麼自己還要這麼努力做根本不喜歡的事呢？他覺得自己快瘋了。

但是爸爸和媽媽不斷給他壓力，整天都說「你應該可以更努力」、「在高中會考之前暫時忍耐一下，反正你現在必須好好用功」這種話。

明明平常都說「你不可以浪費一分一秒的時間」，結果今天卻硬是帶大地出門來神社參拜。他覺得爸爸、媽媽都只想到自己，所以越來越心煩。

「爸，可以嗎？與其在這裡排隊，還不如回家好好用功讀書，這樣不是對考試更有幫助嗎？」

「你在說什麼鬼話！」

爸爸露出可怕的表情，「今天是新年，是新的一年開始的第一天！這麼喜慶的日子，怎麼可以不向神明拜年？」

「對啊，而且你要好好拜託神明，讓你可以考上第一志願。」媽媽也在一旁幫腔，大地感到很掃興。

「什麼嘛！他們平常根本不會多看神社一眼，有事的時候才來求神，神明絕對也懶得理會這種人。」大地心想。

「萬一我感冒了，就是你們的錯。」大地生氣的嘀咕後，低下了頭。

隊伍慢慢前進，終於輪到大地了。雖然參拜有很多規矩，但大地很想趕快拜完就好。他投了香油錢，搖了搖垂下來的大鈴鐺，然後雙手合十。

「希望我可以輕鬆考上高中，從此以後輕鬆自在。」

他小聲說出浮現在腦海裡的心願，然後抬起頭，正準備轉身離開的時候，有一樣金色的東西進入了他的視野。

「嗯？」

大地懷疑自己看錯了。

那裡有一隻金色的小貓，差不多是可以放在手掌心的大小。金色小貓從功德箱內竄出來，簡直就像老鼠一樣，才一溜煙的工夫，就跑到了神殿的後方。金色小貓像人類一樣，用兩條後腿奔跑，腋下還夾著一枚一百元硬幣。

「那個……不是我投的香油錢嗎？」

大地覺得那枚硬幣好像是自己剛才投的。

等他回過神時，才發現自己已經邁開了步伐。大地的爸爸、媽媽看到他撥開人群不知道走去哪裡，急忙叫住了他。

「大地！」

「你要去哪裡？」

「我馬上就回來，我看到朋友了。」

「是嗎？我們去旁邊的商店買甜酒和破魔箭。」

「好！」

大地頭也不回的大聲回答，滿腦子都想著那隻金色小貓。

「一定要找到那隻神奇的小貓。如果可以的話，希望能抓住牠。」

大地穿越人群，終於來到了神殿後方。

神殿後方很昏暗，四周靜悄悄的，難以相信不遠處還擠滿了人。大地覺得自己好像闖入了另一個世界。

雖然內心有點不安，但他還是東張西望的尋找小貓的身影，接著他又嚇了一跳。

他發現後方的樹林前面有一個小攤位，木製的攤位上綁了一個大燈籠，燈籠的圓圈中寫了一個「錢」字。攤位上放滿了五彩繽紛的零食和玩具，有「喜慶鯛魚燒」、「結緣飯糰」、「財運蘋果」、「指引卡」、「慶祝派」、「大大大福」、「繪馬仙貝」，看起來都是很吉利的東西。

有個阿姨站在攤位旁，她穿了一件古錢幣圖案的紫紅色和服，圍著發出光澤的黑色毛皮圍巾。她的身材很高大，可能比大地還高出一個頭。

那個阿姨臉頰圓潤，擦著紅色口紅的嘴脣很嬌豔，不過卻有著一頭白髮。她雪白的頭髮閃耀著光芒，即使在黑暗中也能看得一清二楚，就連插在頭髮上的玻璃珠髮簪也閃閃發光，看起來不像普通人，大地能感覺到她的不同尋常。

大地忍不住想要往後退，但是卻再次大吃一驚。剛才那隻金色小貓就坐在她的肩上，拿著一百元硬幣正在向大地招手，叫他「過來，過來」。

大地搖搖晃晃的走上前，等他回過神時，才發現自己已經站在阿姨的面前。近距離觀察，發現阿姨看起來身形更加高大，而且很

堂
財運蘋果
銭

有威嚴。阿姨對害怕的大地笑著說：

「歡迎光臨，新年的幸運客人。」

阿姨吐著白氣，說了很奇怪的話。

「我正在這裡等候你的到來，請問你的心願是什麼？雖然這只是個攤位，但『錢天堂』一定有可以讓你滿意的商品。來吧，這裡什麼都有，想要什麼都沒問題。」

阿姨似乎是負責這個禮品攤位的人，說什麼「心願」、「什麼都有」，未免太誇張了。

如果是平常的大地，他一定會故意和別人作對，用狂妄的語氣說：「那就讓我征服世界啊，你不是可以讓我滿意嗎？」

但是，今天他不想搗蛋，還難得的坦誠說出自己的心願。

「我下個月八號要高中會考，但我不想再讀書了，希望可以輕鬆考上第一志願。」

話一說完，大地的臉就紅了起來。

「我在說什麼啊，這個阿姨一定會笑我，說我太沒出息了，竟然有這種心願。」大地心想。

不過阿姨並沒有笑他，她一臉嚴肅的點了點頭說：

「原來是這樣，你下個月八號要考試……那麼你覺得這個商品怎麼樣？」
阿姨說完，熟練的從攤位上拿起某個東西，遞到大地面前。那是一張大小跟手掌差不多的符紙。長方形的符紙上用很粗的字寫著「駱駝輕鬆符」，字的下面畫了一隻咧著嘴笑的駱駝，牠像釋迦牟尼佛一樣盤腿坐著，而且塗成金色的駱駝有一種喜慶的感覺。
「這是『駱駝輕鬆符』，只要把想要輕鬆做、輕鬆完成的事寫在背面，你的心願就可以實現。我認為這是最適合你的商品，你覺得呢？」
大地目不轉睛的看著阿姨遞給他的「駱駝輕鬆符」，心臟撲通撲通的跳動。

「這是什麼啊？不就是一張普通的紙嗎？」

奇怪的是，他越是這麼想，就越想要這張「駱駝輕鬆符」。

「不行，我很想要這個！我要買！」

大地努力克制自己差點脫口而出的渴望，小聲的問：

「我要買，這個多少錢？」

「錢已經收了。」

「咦？」

「你看，就是這個。」

阿姨指著肩上的金色小貓，那隻小貓仍然抱著那個一百元硬幣。

「這是你剛才投進功德箱的錢，昭和五十年的一百元硬幣，是今天的幸運寶物。」

「喔、喔，是這樣啊。」

雖然大地搞不太清楚，但還是點了點頭。

「對了，謹慎起見，還是要問你一下。我可以收下這枚硬幣，作為你實現心願的費用嗎？」

「可、可以啊，這個『駱駝輕鬆符』是我的了，對不對？」

「對，當然。只不過輕鬆未必是幸運，人生有苦也有樂，希望你仔細思考這句話，妥善運用這張符。」

「嗯，我知道，我知道了。」

大地急忙說完，接過了「駱駝輕鬆符」，根本沒有認真聽阿姨說的話。

不知道為什麼，他覺得這張「駱駝輕鬆符」很有威力。雖然明知道不可能，但總覺得自己的心願真的可以實現。

大地覺得自己好像在做夢，他和爸爸、媽媽會合後，就這樣回到了家裡。

直到走進自己的房間，他才從口袋裡拿出「駱駝輕鬆符」。即使在光線明亮的房間裡，「駱駝輕鬆符」看起來依然散發著魔力的光芒，而且感覺比剛才更有威力了。

「拜託了，一定要讓我考上高中！因為我不想再繼續用功了！」

大地帶著虔誠的心，在符紙背面寫了「輕鬆考上！」這幾個字。

寫完之後，他內心的焦慮感立刻消失了。

他原本打算要開始背歷史事件的年代內容，雖然很不想背這些東西，但如果不背起來，考試就傷腦筋了。

明明知道結果會這樣，卻莫名有種「即使不背也沒有關係」的感覺油然而生。

不再繼續用功讀書也沒問題，就算不努力，感覺自己也可以考上第一志願。不對，是絕對會考上。

大地一下子鬆懈下來，從那天之後，便不再為考試做準備。

「我要讀書，你們不要來吵我。」他對爸爸、媽媽這麼說，躲在自己房間裡悠閒的看漫畫、玩遊戲。

如果是平時，他一定會覺得「這樣似乎不太好，差不多該讀書了」，但是不知道是不是有「駱駝輕鬆符」的關係，他一點焦慮和不安的感覺都沒有。

考試的日子終於到了。

大地看著發下來的國文考卷，立刻臉色發白。考試題目比他想像得更難，而且他已經超過一個半月沒有讀書，所以心更慌了。

「『駱駝輕鬆符』，拜託了！幫幫我！」

大地一邊在內心發出尖叫，一邊拿起了鉛筆。

下一剎那，他大吃一驚，因為他的手自己動了起來，在答案卷上填寫答案。雖然他不知道自己在寫什麼，卻清楚知道那就是正確答案。

「太猛了！」他忍不住小聲嘀咕。

接下來是考英文和數學，同樣的事情再次發生了。大地完全不知道考題的答案，但是他的手卻自動寫上了解答。

大地成功考上第一志願，順利進入高中就讀。爸爸和媽媽都大力稱讚他，為他感到高興，大地得意極了。

「嘿嘿，我真是買到了好東西。『駱駝輕鬆符』，以後也拜託了！」

大地把「駱駝輕鬆符」放在書包裡，作為自己的護身符。

他的高中生活很愉快，交到了新朋友，也開心的參加了足球社。沒有社團活動的日子，他會和同學一起玩遊戲、逛街，每天都過得很充實。

這樣不是沒有時間讀書嗎？他當然不可能有時間讀書。

「沒關係，反正我有『駱駝輕鬆符』。」大地想。

大地把所有時間都花在玩樂和發懶，上課時也偷看漫畫或是睡覺，有時候還會翹課。當然放學回家之後，他也整天都在玩。

然後……

第一次期中考的日子來臨了。

大地打著呵欠坐在自己的座位上。他前一天上網到很晚，現在連眼睛都睜不開了，很想要睡覺。他打算趕快寫完考卷再睡一下。

他這麼想著，連考卷的題目都沒有看，就拿起了自動鉛筆。

但是他等了很久，手卻完全沒有動靜，一動也不動的僵在半空中。

「不會吧！怎麼會有這種事？」

大地緊張起來，一下子捏右手，一下子甩手，試圖讓右手自動寫考卷。

但是，不管他用什麼方法都沒有效。

在考試時間只剩下十五分鐘的時候，大地才察覺「駱駝輕鬆符」今天似乎沒有發揮威力。所以……

「慘、慘了！」

大地急忙開始閱讀考題。

下一節的考試也一樣，大地只能冒著冷汗，努力自己寫考卷。

考試成績當然慘不忍睹，他從來沒有考過這麼差的成績。

爸爸、媽媽大發雷霆，大地只能拚命的辯解。

「這次我身體不舒服，期末考一定可以考好，我向你們保證。」

總算平息父母的怒氣後，大地開始認真的思考起來。

這到底是怎麼回事？高中會考的時候那麼順利，為什麼「駱駝輕鬆符」突然失靈了？這樣下去不行，一定要去找賣「駱駝輕鬆符」

給自己的阿姨問清楚。

大地前往新年參拜的那家神社，但是既沒有看到那個阿姨，也沒有看到放滿零食的攤位，即使問了神社的人，他們也說「不認識這個人」。

大地決定上網查一下。那個阿姨的外型很引人注目，賣的零食也很稀奇，一定有人認識她。

「我要找一位一頭白髮，穿著紫紅色和服的阿姨。她的身高應該超過一百八十公分，賣一些奇特的零食和玩具，如果有人看到她，請和我聯絡。」

他在網路論壇留言，不到一個小時就收到了回覆。

「你好。你要找的那個女人，是不是稱自己是『錢天堂』的『紅子』呢？她說話的語調有點奇怪，有點咬文嚼字的感覺？如果是的話，那我和你在找的應該是同一個人。」

大地激動不已，急忙回覆了留言——

「沒錯！聽你這麼一說，我想起她的確說過『錢天堂』，而且說話也是咬文嚼字的。你也在找她嗎？」

對方也立刻傳來回覆。

「果然是同一個人。沒錯，我一直在找她。你是在哪裡遇到她的？買了什麼？我想和你交流一下彼此了解的情況，可不可以約個時間見面？」

「可以啊！啊，但是要在哪裡見面？我們住的地方可能離很遠。」

「沒關係，請你指定一個地點，無論是在哪裡，我都可以去找你。」

於是，大地和對方約在自己住家附近的家庭餐廳見面。

星期天中午十二點，一個身穿西裝的紳士準時出現。他的年紀大約五十歲，看起來穩重瀟灑，是一個很有魅力的銀髮大叔。

那個人走到大地面前，笑容滿面的自我介紹：「你好，我姓六條。」

大地有點驚慌失措，因為他沒想到對方是年紀這麼大的大叔。

「六、六條先生，你也在找那個阿姨嗎？你是不是買了什麼零食，然後失效了？」

「不、不是，我從朋友那裡聽說了『錢天堂』的事，覺得既然有這麼神奇的零食，也很想要買，但是我找了很久都找不到『錢天堂』在哪裡。看來是有什麼特殊的規定，才能夠找到那家店。」

六條先生說，他為了了解這件事，到處向曾經去過「錢天堂」的人打聽消息。

「那你現在知道了嗎?請你把方法告訴我。」大地也想知道找到錢天堂的方法。

「很遺憾,我現在還不知道怎麼去錢天堂,因為線索太少了。可不可以請你告訴我,你是怎麼遇到那個老闆娘的?你買了什麼?希望你能詳細的說明。對了,你還沒有吃午餐吧?你可以點你想吃的食物,隨便點什麼都沒問題,當然是我請客。」

「可以嗎?太好了。」

大地點了最貴的牛排套餐和點心,在料理送上來之前,他向六條先生說明了大致的情況。

他在新年去神社參拜時，一隻金色小貓拿走了自己投的香油錢。他追著那隻金色小貓來到神殿後方，發現那裡有一個攤位，一個滿頭白髮的阿姨站在那裡，並且叫他「幸運的客人」。

六條先生用小筆電記錄了他說的所有情況，臉上的表情嚴肅得不得了。

「嗯，原來是這麼一回事。我第一次聽說『錢天堂』還有攤位，嗯，你提供的消息很有價值。大地，真的很感謝你。」

「我也有一件事想要向你請教。」

「什麼事？」

「雖然問你好像有點奇怪，但你覺得我的『駱駝輕鬆符』為什麼會失靈呢？」

「這個嘛，」六條先生抱著雙臂，「根據我聽說的情況，錢天堂的商品都有副作用。」

「副、副作用？」

「雖然有魔法般的神奇效果，但是每一樣商品都有必須遵守的規定，一旦破壞了規定，就會產生副作用。」

「但、但是我根本沒有破壞任何規定啊！」

「真的嗎？你有沒有把『駱駝輕鬆符』帶在身上？如果你不介

意，可不可以給我看一下呢？」

「好、好啊。」

六條先生仔細檢查大地交給他的「駱駝輕鬆符」，然後微微笑了笑說：

「嗯，應該是這個。」

「什、什麼？」

「你仔細看一下。你看，在『輕鬆考上！』的下面，不是寫了『二月八日』嗎？」

「啊！」

大地忍不住發出驚訝的叫聲。

沒錯，自己的確有寫下這個日期，因為只寫「輕鬆考上！」四個字讓他很不安，所以才又加上了考試日期「二月八日」。他在六條先生提及的這一刻之前，都把這件事忘得一乾二淨。

大地陷入一片茫然，不過六條先生似乎很開心，他很高興自己解開了謎團。

「原來如此，二月八日是你高中會考的日期吧？也就是說，這張符紙只在二月八日那一天有效，對其他日子的考試完全無法發揮任何效果。這並不是副作用，而是你自己造成的結果。」

鏘！大地感覺有個銅鑼在腦袋中響了起來。

他臉色發白，全身不停的發抖。

「我怎麼會做這麼蠢的事？」大地哭喪著臉，看著六條先生。

「我、我該怎麼辦？」

「你如果不想留級，就只能自己好好讀書了。」

「留、留級！要重讀一次高一嗎？」

「如果你繼續荒廢課業，一定會變成這樣的結果。我該告辭了，我還約了別人見面，你可以慢慢享受牛排和點心。對了，你可以把『駱駝輕鬆符』留著，如果大學會考的日子剛好也在二月八日，一定可以發揮作用。」

六條先生說完，便走出了家庭餐廳。

「怎麼會這樣……如果留級，爸媽會殺了我。」

這時，在滿頭大汗的大地面前，牛排套餐送了上來，但是他完全沒有食慾。

那天之後，大地開始用功讀書，但他之前整整三個月放棄課業，上課也沒有認真聽，所以對所有的科目都是一知半解。

再加上這所高中的水準很高，也就是說，憑大地原本的實力很難考上這所學校，所以要追上大家的進度非常辛苦。

但是大地無論如何都不想留級，於是他認真讀課本，幸好在期末考時勉強超過了全班的平均分數，應該可以順利升上二年級。

大地鬆了一口氣，整個人趴在桌上。

他快累死了。這陣子太用功，感覺腦汁都被榨乾了，簡直變成了殭屍。

「可惡……我、我再也不要體驗這種事了，下次一定不會這樣了。下一次……下一次……」

大地暗自下定決心……

隔年元旦，大地又去了那家神社。

他把口袋裡的所有零錢都投進功德箱，然後合掌默默祈禱。

「請讓我再見到那位神奇的阿姨！再給我一次機會買『駱駝輕鬆符』，這次我一定會妥善運用，我會寫上『一輩子讀書都很輕鬆』，拜託實現我的願望！」

這名少年完全沒有汲取教訓，在後方的參拜者推開他問：「你好了沒有！」之前，他一直拚命祈禱著。

吉井大地，十六歲的少年。昭和五十年的一百元硬幣。

2 鸚鵡幣

十一歲的藍花很愛看電視，特別是搞笑節目和綜藝節目，她經常看得哈哈大笑。

但是，她漸漸覺得光看電視不過癮，尤其是看到和自己年紀相同的少年、少女被吹捧為「天才某某同學！」或是「驚人特技高手！」在電視上露臉時，她就覺得很羨慕。

藍花想：「我應該沒辦法成為猜謎大王或是樂器天才……但是

搞不好可以成為諧星或是模仿高手，順利的話，我搞不好也可以進軍演藝界。」

於是，她開始自己想搞笑的橋段，模仿諧星。

可悲的是，藍花屬於那種雖然喜歡搞笑，卻沒有慧根的人。她想出來的橋段一點都不好笑，而且模仿得也不像。

「你不適合，我勸你還是放棄吧。」

就連好朋友泉美也這麼說，藍花聽了很沮喪。

「真希望自己有一項特技。只要有一項特技，應該就可以上電視了。我想要擁有才華，無論如何都想要。」

藍花沒有放棄，她放學後獨自在校園角落拚命想搞笑的橋段。

「哇，我從沒吃過這麼好吃的拉麵！簡直是神級拉麵。咦？這是麵線？哎呀，我真是面紅耳赤！嗯，好像不太好笑，我想要更好笑一點。」

這時，她聽到後方傳來窸窸窣窣的動靜。回頭一看，有一隻很大的黑貓出現在那裡。黑貓有一雙漂亮的藍眼睛，身上的毛也很有光澤，讓人看得入迷。

藍花原本就很喜歡貓，所以她一眼就愛上了那隻貓。

「我想摸摸牠、抱抱牠。對了，要不要模仿貓叫聲把牠叫來這裡？我之前練習過貓叫聲，搞不好會成功。」藍花心想。

「喵啊啊嗚，喵啊啊喵啊。」

藍花盡可能的學貓叫，想要引來那隻黑貓。

黑貓似乎嚇了一跳，吃驚得瞪大了眼睛。

成功了嗎？

藍花高興得太早了，黑貓一轉身，就越過學校的圍牆離開了。

「啊！等、等一下！」

藍花跳起來趴在圍牆上看，發現黑貓在不遠處回頭看著自己，而且牠緩緩搖著尾巴，好像在說「你跟我來」。

於是，藍花也翻過了圍牆。

黑貓再度邁開步伐，而且還不時的回頭看藍花。他們過了馬路，走進一條小巷子。沒錯，這隻貓真的是打算帶藍花去某個地方。

藍花興奮的追著黑貓。

他們在那條安靜的小巷內不知道走了多久，才看到一家小店。那家店的門上掛著一塊舊舊的木招牌，上面寫著「錢天堂」三個字，店門口擺放著許多從來沒有見過的零食。

「哇，好棒……」

藍花忍不住看著那些零食出了神。

「回家蛙」、「你儂我儂紅大頭菜」、「雷荔枝」、「置之不理蛋糕」、「明目肉桂」、「靈感豆沙苞」、「晴天檸檬糖」、「吵架劍球」、「貴族棉花糖」、「複製花生」、「再見派」。

當藍花回過神時，才發現那隻黑貓不見了。「牠一定是進去這家店了。」藍花這麼想著，決定走進這家店看看。

「打、打擾了。」

她一踏進店內，立刻驚訝得說不出話來。

店裡擺滿了琳琅滿目的誘人零食和玩具，無論她向左看還是向右看，那些色彩鮮豔彷彿具有魔力的閃亮零食不斷映入眼中，藍花興奮得簡直無法呼吸。

剛才那隻黑貓，現在坐在店裡的阿姨肩上。藍花看到那個阿姨，再度驚訝得說不出話。

這個阿姨身材很高大，雖然像奶奶一樣滿頭白髮，但是看起來很年輕。她穿著一件紫紅色和服，頭髮上還插滿了髮簪。

阿姨散發出很強大的氣勢，光是站在那裡就吸引了藍花的目光。如果她上電視，一定會很引人注目。

在想著這些事的藍花面前，那個阿姨把頭靠向肩上的黑貓，好像在和黑貓說話。

阿姨用力點了幾次頭，然後愉悅的小聲嘀咕：

「原來是這樣啊，那真的會嚇一跳呢。謝謝你帶客人回來，不愧是墨丸，功勞不小、功勞不小喔。」

阿姨搔著黑貓的喉嚨，轉頭看向藍花，她紅色的嘴唇露出了笑容。

「今天的幸運客人，歡迎你來到『錢天堂』，紅子在這裡恭候大駕。」

「啊？呃、那個、我……不是客人，只是跟著那隻貓過來這裡……」

「呵呵，墨丸是『錢天堂』的店貓，牠發現了幸運的客人，所以才帶你來這裡。不過你剛才突然問牠：『有沒有尿尿？』牠有點被嚇到了。」

「咦？」

藍花用力眨了眨眼睛，瞬間滿臉通紅，因為她發現那個阿姨在說她剛才對著貓叫的事。

「這個阿姨太壞心眼了，竟然躲在暗處看我學貓叫，還說什麼尿尿，真是沒禮貌！」

藍花覺得既丟臉又憤怒，但是她沒有逃走。因為在她逃走之前，阿姨就站了起來，從貨架上拿出某個東西遞到她面前。

「我想你應該會喜歡這款零食。」

藍花一看到阿姨手上的東西，害羞和憤怒就完全消失了。她目不轉睛的看著那個東西。

那是一枚金色的硬幣，比五百元硬幣大兩倍，就像是獎牌一樣，上面印了很多圖案，中間是一隻戴著皇冠的鸚鵡側臉。

「這是『鸚鵡幣』，只要吃了這個，就可以像鸚鵡一樣很會模仿。裡面是巧克力，味道也很讚喔。」

藍花聽了這個阿姨甜美的聲音，感到有點頭暈目眩。

「『鸚鵡幣』！名字也很好聽呢！而且吃了之後就能變得很會模仿？」藍花很感興趣的問：「真、真的會變模仿高手嗎？」

「真的，我可以保證。」

「要多久？要多久才能夠上電視？」

「只要你妥善運用，上電視根本不是問題，但是你要好好看鸚鵡幣背面寫的內容。」

阿姨向她補充說明，但是藍花根本沒有聽進去。阿姨把「鸚鵡幣」遞到她的面前，她的眼中只剩下了「鸚鵡幣」。

「這要多少錢？」

「十元，請你用昭和二十九年的十元硬幣支付。」

「昭和二十九年……我、我不知道有沒有。」

「你一定有。」

「萬一沒有怎麼辦？」藍花著急的看著皮夾。阿姨說得沒錯，裡面剛好有昭和二十九年的十元硬幣。

「阿姨該不會有透視眼吧？」

藍花覺得很有可能，就這樣用十元硬幣得到了「鸚鵡幣」。

「太好了。」

藍花手舞足蹈的衝出柑仔店，她原本打算直接跑回家，但是中途停下了腳步。

她等不及了，決定現在就要把零食吃掉。只要吃下肚子，它就不會遺失，也不會被別人搶走，這樣「鸚鵡幣」就完全屬於自己了。

「這是我的，這是屬於我的。」

她折下了包著「鸚鵡幣」的金紙，裡面是一塊濃醇的深色巧克力，一看就知道美味可口。她把折下的金紙揉成一團丟到一旁，然後把巧克力放進了嘴裡。

巧克力濃郁的香甜滋味在口中擴散。

該怎麼形容這種美味呢？既有堅果的香氣，又有蜂蜜的濃醇，而且還有肉桂、肉豆蔻、牛奶糖和其他好幾種味道複雜的交織在一起，慢慢的在她的舌尖上融化。

即使吃完巧克力，藍花依然陶醉在那股美味的幸福之中。

「咦？」

等藍花回過神的時候，才發現自己已經回到了房間。

「我完全想不起來……我是什麼時候回家的？我真的會成為模仿高手嗎？」

「試試看就知道了。」藍花決定模仿自己最喜歡的諧星「金絲雀」。金絲雀是一個胖大叔，總是穿著很花俏的衣服，用女生的口吻說話。他的聲音很有特色，機械式的高亢聲音簡直就像是機器人一樣。大家都覺得他用這種像是鳥叫的聲音說話很有趣，所以很受觀眾歡迎。

「好，不知道能不能成功。」

藍花先做了個深呼吸，然後張開了嘴。

「討厭啦，你說我像小鳥？那是當然的啊，你看不出來嗎？我是金絲雀啊，就是小鳥沒錯。雖然外表看起來不像金絲雀，比較像是水豚。等等，誰是水豚啊！」

藍花滔滔不絕的說著金絲雀的拿手段子，高亢的聲音和連珠砲般的速度，再加上微妙的抑揚頓挫，簡直就和金絲雀一模一樣。

藍花興奮得跳了起來。

「嗚哇，不會吧、不會吧！太厲害了！簡直就像是金絲雀本尊耶！」

隔天，藍花在學校馬上展現了自己的新能力。

班上同學聽到藍花說話的聲音和諧星金絲雀一模一樣，紛紛靠了過來。

「好厲害！一模一樣！」

「你也太強了吧！」

「你再多模仿幾句。」

「嘿嘿，當然沒問題，但是只模仿金絲雀你們也會聽膩吧？你們可以隨便點名，我可以模仿任何人。」

藍花挺起胸膛這麼說。她昨天試了很久，知道自己可以模仿所有的人。

同學紛紛提出了要求。

「那你模仿『乒乓衝突』！」

「還有『蘇珊大嬸』！我很喜歡她。」

「我喜歡棒球選手岡田！你模仿一下岡田的口頭禪。」

藍花回應同學的要求，模仿了一個又一個名人。聽到大家說她「太厲害了」的稱讚，讓她十分得意。

但這不過是小試身手，她打算報名參加「全國各地超猛小學生大會」的節目。藍花現在應該可以輕鬆進入決賽，而且早晚會在電視上走紅。

「這計畫太完美了。」她忍不住在心裡竊笑。

這時，有個同學說：

「那你模仿一下動物。」

「啊，好啊！那我來模仿貓咪？」

「貓我也會模仿啊，要模仿就模仿更高難度的。」

「獅子？大象？」

「蛇呢？你會模仿蛇發出的咻咻聲嗎？」

「這應該很難吧。藍花，你說對不對？」

聽到別人說很難，藍花哼了一聲說：

「蛇嗎？那我來試試看。」

藍花在腦海中想像著蛇的模樣，然後張開了嘴巴。

一個星期之後，藍花垂頭喪氣的坐在長椅上。這張長椅位在有點像小公園的地方，但是周圍有淡淡的消毒水味道。

這也難怪，因為這裡是醫院的中庭。

雖然天氣晴朗，但是藍花的內心一片黑暗。

「為什麼……會變成這樣？」

她小聲嘀咕的聲音又尖又扁，好像是機器的聲音。

沒錯，藍花現在只能發出像是機器人的聲音。

她再次從頭開始回想。她吃了「鸚鵡幣」後，幾乎就要成為班上的人氣王了，沒想到模仿的能力卻突然消失。不僅如此，她還失去了原本的聲音，現在只能用這種奇怪的聲音說話。

父母帶驚慌失措的藍花去很多醫院檢查，但是無論去哪一家醫院，醫生都說查不出原因。

不對，藍花知道原因，會這樣都是「鸚鵡幣」害的。因為自己吃了「鸚鵡幣」，才會失去原有的聲音，只是她不知道其中的原因。

「那家柑仔店的阿姨應該會知道。」

藍花說出「鸚鵡幣」的事，要求大人幫忙尋找「錢天堂」柑仔店，但是醫生和家人都不相信她的說法。「簡直莫名其妙，怎麼可能因為吃了零食聲音就變了呢？不可能。」

於是父母安排藍花住院做精密檢查，但是藍花覺得根本沒有用。

「嗚嗚……」

她拚命的忍著淚水。

「打擾了，請問你是藍花嗎？」

一個身穿西裝，看起來文質彬彬的叔叔用溫和的聲音問道。

「你、你是誰？」

「啊，你不必害怕，我姓六條，正在進行某項研究。這家醫院的某位醫生剛好是我學弟，他跟我說你好像去了名叫『錢天堂』的柑仔店……你是不是去了那家神奇柑仔店？」

「這個人知道『錢天堂』的事！他相信我的話！」藍花這麼想

著，覺得終於找到了了解自己的人，於是用力點頭回應。

自稱是六條的男人，興奮得雙眼發亮。

「你願意告訴我，你是怎麼去到『錢天堂』，然後又買了什麼嗎？不瞞你說，我正在調查『錢天堂』的零食，聽說那些零食都有神奇的力量，我想要了解這些零食的結構和成分，或許可以幫上你的忙。」

「這個意思是可以把我治好嗎？我有可能恢復原來的聲音嗎？」

藍花充滿期待，詳細說明了自己去「錢天堂」的事。

六條先生在藍花身旁坐了下來，專心的聽她說話。當他聽說藍

花買了「鸚鵡幣」時，明顯露出了失望的表情。

藍花頓時感到不安。

「請問，我是不是說了什麼不該說的話？」

「咦？不是不是，不是你想的那樣。不好意思，因為你買的零食我之前有聽別人說過，我原本希望能了解我不知道的零食。」

藍花瞪大了眼睛。

「除了我以外，還有其他人買了『鸚鵡幣』嗎？」

「對啊，搞不好你也認識那個人。你不要說出去，就是最近經常在電視上出現的諧星金絲雀。」

「金、金絲雀！」

「對，他之前也吃了『鸚鵡幣』。起初他可以自由變換各種不同的聲音，所以成為了小有名氣的模仿諧星，但是他不小心模仿了蛇的叫聲，結果就變成現在那種像機器人的聲音。」

「蛇的叫聲……」

「他後來才知道，包在『鸚鵡幣』外頭的金色包裝紙上有寫注意事項，說絕對不可以模仿蛇的叫聲。因為蛇是鸚鵡的天敵，一旦學蛇叫，聲音就死了……我猜你應該也是因為相同的原因，才會變成現在這樣吧？」

六條先生瞥了一眼茫然的藍花，從長椅上站了起來。

「謝謝你，雖然是我已經知道的零食，但你的經歷提供了很多參考資料，那我就告辭了。」

「等、等一下！那、那我的聲音呢？」

「很可惜，目前還沒有找到恢復原來聲音的方法。我向你保證，如果我知道解決辦法，一定會通知你。」

六條先生似乎對藍花失去了興趣，他用冷淡的聲音說完，便快步從中庭離去。

藍花獨自坐在長椅上，感到渾身無力。

金絲雀竟然也吃了「鸚鵡幣」……真是完全沒有想到。

「但是……他並沒有認輸。」

變成奇怪的聲音，金絲雀一定受到很大的打擊，但是他並沒有因為這樣就把自己關在家裡，反而把那個聲音變成自己的特色，在演藝界獲得好評，成為了當紅的諧星。

藍花突然打起了精神。

「在那個六條先生找到治療方法之前，我要好好利用現在的聲音。既然金絲雀能成功，那我也一定可以。」

「我可以試著用『小金絲雀』的名字當諧星。」

藍花開始認真思考未來的事。

大野藍花，十一歲的女孩。昭和二十九年的十元硬幣。

3 老家最中餅

黃金週（註）有好幾天的連續休假日，幾乎所有的小朋友都很喜歡黃金週。無論是幼稚園或各級學校都放假，可以從早玩到晚，甚至可能有人會和家人一起去旅行。

紗耶的幼稚園，也有很多這樣的小朋友。雖然離黃金週還有一個月，但大家都在討論這件事。

「我要去奶奶家！我去年在田裡抓到了烏龜，今年要去抓更大、

更厲害的烏龜！」

「我要去山上，我要和哥哥、爸爸一起去爬一座很高的山，而且要爬到山頂。」

「我也要去外婆家。外婆家附近有遊樂園，我每年都會去那裡玩。」

「我們家的老家在海邊，所以要去釣魚，我超期待的！」

大家興奮的討論著，只有紗耶悶悶不樂。因為她的黃金週假期沒有任何安排，也沒有可以回去的老家。爺爺、奶奶和外公、外婆都在東京，而且離紗耶家開車只要十五分鐘就到了。

雖然紗耶很喜歡爺爺、奶奶和外公、外婆，但是她很希望他們能住得遠一點，因為其他小朋友都回老家玩得很開心，只有她一個人很覺得吃虧。

紗耶忍不住在那天晚上向爸爸央求：

「爸爸，我們黃金週去旅行嘛，你帶我去玩嘛！」

「在黃金週的時候出門？那是傻瓜才會做的事。」

爸爸露出無奈的笑容說：

「你看電視不就知道了嗎？黃金週到處都是人，路上也有很多車子，無論是去遊樂園還是山上、海邊，都要開好幾個小時的車。好不容易開到目的地，就差不多是準備回家的時間了。你不覺得這樣很蠢嗎？在家裡好好放鬆是最佳選擇。」

媽媽聽爸爸這麼說，也點頭表示同意。

「對啊，就算要出去，最多也是去附近的公園野餐，這樣也很有趣喔。」

爸爸和媽媽的想法或許很正確，但一個五歲的女孩卻無法接受這樣太成熟的想法。

「為什麼我家會這樣？」紗耶的不滿快要爆炸了，「大人完全不為小孩著想，真是太讓人生氣了！」

「算了！我要離家出走！」

隔天星期六一大早，紗耶真的離家出走了。她沒有向爸爸、媽媽報備，就一個人溜出了家門。

「要先找一個落腳的地方。」她的背包裡裝了零食，還帶了喜歡的繪本和絨毛娃娃，就連撲滿也帶上了，完全不需要擔心。紗耶想：總之，要讓爸爸和媽媽緊張一下，在他們反省「都是我們不好，紗耶，你說得對」之前，自己絕對不會回家。

紗耶四處張望，尋找有沒有適合落腳的地方。

不一會兒，她來到一條陌生的小巷子前。小巷子很窄，被兩側灰色的高樓夾在中間，光線很昏暗，但是小巷散發出一股迷人的魅力，讓她覺得非進去不可，簡直就像是藏了寶物的洞窟。

「搞不好巷子裡有可以落腳的地方。」紗耶喃喃自語。

雖然紗耶不喜歡黑暗的地方，但還是鼓起勇氣走了進去。

隨著她漸漸走向小巷深處，四周的氣氛也漸漸不一樣了。小巷內很安靜，好像進入了一個神奇的世界。紗耶忍不住激動起來。

她覺得有什麼厲害的事情在等待自己，她必須繼續往前走。

走著走著，她發現前方有一家小店。她忘了自己正在尋找落腳的地方，直接跑向那家店。

店門口排放著五彩繽紛的零食和玩具，全都是一些她完全沒有看過的東西，比大百貨公司的玩具賣場更有魅力。

「好棒……好棒，這裡好棒！」

「店裡可能會有更棒的東西。」紗耶這麼想著，走進了店內。

店裡果然也放滿了各種零食。

牆壁上的貨架放滿了裝在盒子裡或袋子裡的零食，收銀臺上有許多瓶子裝了五顏六色的糖果，後方的小冰箱裡則有五花八門的果汁，還有面具、飛機模型、氣球和小人偶垂掛在天花板上，所有的東西都讓人看了很心動。

這裡可能是比遊樂園更好玩的地方。紗耶這麼想著，在店內東張西望，然後找到了讓自己心動的零食。

那是一個可以放在紗耶手心的小盒子，用漂亮的嫩綠色包裝紙包了起來，上面畫著一片農田，田裡長滿了金色的稻穗。

雖然那只是個小盒子，紗耶卻看得目不轉睛，打從身體深處湧現了「我想要這個！」的強烈想法。

她伸手拿起那個小盒子時，聽到一個甜美的聲音。

「歡迎光臨，幸運的客人。」

紗耶大吃一驚，抬起了頭。

有個高大的阿姨不知道在什麼時候站到了她身旁。阿姨很高，紗耶要抬頭才能看到阿姨的臉，而且阿姨的頭髮比紗耶奶奶的髮色更白，但胖胖的臉上完全沒有皺紋。阿姨穿了一件紫紅色的和服，頭髮上插滿了髮簪，打扮得很漂亮。

阿姨看著紗耶手上的盒子，露出了笑容。

「哎喲，你已經決定好要買什麼了嗎？」

「啊、啊……嗯，我要買這個。」

「好、好，你要買『老家最中餅』。」

「老家最中餅！」

「好美的名字。」紗耶忍不住高興起來，因為她現在最渴望的就是「老家」，所以聽了格外高興，覺得這個點心簡直就是為自己量身打造的。

阿姨對紗耶說：「這個零食的價格是五元。」紗耶急忙從背包裡拿出撲滿，從裡面拿出五元硬幣遞給阿姨，但是阿姨沒有收下。

「不是這個，請你用其他的五元硬幣支付。」

「啊？要、要哪一個呢？」

「請讓我看一下。」

紗耶把撲滿交給阿姨，阿姨把撲滿裡的錢倒在手上，然後毫不猶豫的從一堆零錢中拿出一枚五元硬幣。

「沒錯、沒錯，就是這個，昭和五十一年的五元硬幣。這樣就行了，謝謝惠顧。」

「這個五元和剛才的五元硬幣不是一樣嗎？」

「不一樣，這種『不一樣』對錢天堂很重要。」

「是喔，好奇怪。」

「呵呵呵，總之『老家最中餅』現在是你的了，請收下。」

「謝謝！」

紗耶歡天喜地的接過「老家最中餅」時，阿姨又說：

「你年紀還小，讓我向你說明一下。這個點心就如同它的名字，可以讓人擁有『老家』，很適合希望有老家的人。」

「我想要有老家！」

「我想也是，但是請你繼續聽我說。如果你只是想生活在充滿大自然的地方，記得在吃之前，把最中餅分成兩半再吃。如果你想要鄉下成為自己的故鄉，那就直接吃下去，你明白了嗎？」

雖然不是很了解阿姨說的話，但紗耶還是點了點頭。她決定直接吃下去，因為她的好朋友小優說，「老家」就是爸爸、媽媽的故

鄉。

「我明白了。」

「記得把包裝紙留下來，因為之後可能會需要用到。」

「是嗎？我知道了，我會好好保存的。阿姨，謝謝你！」

紗耶道謝後，拿著「老家最中餅」的盒子衝出柑仔店。她完全忘記自己要離家出走，就這樣興高采烈的跑回家了。

一回到家，紗耶就看到媽媽一臉嚴肅的等著她。

「紗耶，你跑去哪裡了！你不知道這樣做會讓爸爸、媽媽擔心嗎？」

「對不起，我出去散步了。」

「真是的！不是告訴過你，出門要跟爸爸、媽媽說一聲嗎？下次不可以再這樣做，知道了嗎？」

「我知道了。」

「趕快去洗手，馬上要吃早餐了。」

但是紗耶沒有去洗手，反而溜進了自己的房間，因為她想趕快吃「老家最中餅」。

她小心翼翼的拆開包裝紙以免撕破，然後打開盒蓋。盒子裡放了一個最中餅，看起來和一般的最中餅沒什麼兩樣，外表圓圓的，

包著紅豆餡的淡棕色外皮上有雛菊的花樣。

「真的是最中餅……是最中餅喔。」

老實說，紗耶不太喜歡吃最中餅，因為有時候裡頭的紅豆餡太滿，有時候又太甜，一下子就吃膩了，而且外皮也會黏在嘴裡，很不舒服。但是這次是為了擁有老家，所以她要忍耐，一定要吃下去。

她當然沒有分成兩半，而是直接咬了一口。

「嗚哇！」

太好吃了。紗耶忍不住瞪大了眼睛。

這個「老家最中餅」簡直是絕品。外皮很脆，裡面的紅豆餡有點甜又不會太甜，而且紅豆餡裡還有一塊小麻糬，可以享受Q彈的嚼勁。雖然味道很樸素，卻有一種懷念的感覺。不知道為什麼，她的內心湧起了酸酸甜甜的舒服感覺。

紗耶滿臉陶醉的吃完了最中餅。

「如果是這樣的最中餅，再吃十個我也沒問題。」

她依依不捨的舔了舔手指，把「老家最中餅」的包裝紙仔細折好。因為包裝紙很漂亮，以後可以用在美勞作品上，而且那個白頭髮的阿姨也說要把包裝紙保留下來。

她把折好的包裝紙放進抽屜。

這時，她聽到了媽媽的叫聲。

「紗耶，吃早餐了啦！」

「來了。」

紗耶走去廚房，若無其事的開始吃早餐，但滿腦子都在想著「老家最中餅」。

「什麼時候才會有老家呢？希望願望可以在黃金週之前實現。」

這時，電話鈴聲突然響了起來。難得星期六的早晨會有人打電話過來，爸爸立刻拿起話筒。

「喂？原來是老爸……啊？等、等一下，你再說一次，你說搬家是什麼意思？」

看到爸爸神色緊張，媽媽大吃一驚，紗耶則興奮得雙眼發亮。

「搬家！爺爺他們要搬家，我快要有老家了！可以在黃金週時去爺爺家玩了，太棒了！」紗耶心想。

這時，媽媽的手機也響了起來，原來是收到了電子郵件。

「是誰一大早就傳郵件啊？……啊？不會吧？」

媽媽看了電子郵件，立刻臉色大變。她抓起電話衝進臥室，似乎是打算在打電話給對方的時候，不要受到任何干擾。

爸爸掛上電話的同時，媽媽也從臥室走了出來，兩個人都臉色蒼白。

爸爸先開了口。

「剛才我老爸打電話來，說青森的親戚用很便宜的價格把房子賣給他們，所以他們打算搬過去看看，而且這個月就要搬家，難以置信吧？他們目前房子的貸款才剛還完耶。」

「我、我跟你說，我爸媽也說要搬家。」

「什麼？」

「他們說突然很想老家，所以想搬回去。因為親戚家剛好沒人住，他們就興致勃勃的想要搬過去。」

「你爸媽也要搬家啊……親戚家在哪裡？」

「山口的漁師町。這太奇怪了，雖然我爸是在山口出生的，但他在東京長大，現在突然說什麼想回老家。」

「我爸媽也一樣。雖然祖先是在青森，但我爸媽他們一直都在東京生活，照理說根本不可能會想要回故鄉啊。」

看到爸爸和媽媽都一臉沮喪，紗耶忍不住說：

「爸爸、媽媽，青森和山口在哪裡？那是在哪裡？離這裡很遠嗎？是不是很遠？」

「非常遠。」

「唉，怎麼辦？當初就是因為離雙方父母家都很近，才在這裡買了房子。」

「對啊……真不知道該怎麼辦。」

爸爸和媽媽都抓著頭苦惱，只有紗耶一個人在偷笑。

爺爺、奶奶和外公、外婆都搬家了，這就代表爸爸和媽媽都有老家了！太棒了！不過爸爸和媽媽為什麼愁眉苦臉？他們應該要高興才對啊。

沒錯，紗耶不知道爸爸和媽媽到底在擔心什麼。

紗耶一臉無精打采。

爺爺、奶奶和外公、外婆匆匆搬去青森縣和山口縣已經快一個月了，紗耶在這一個月內，終於知道「有老家」並不全都是好事。

首先，她平時都無法見到爺爺、奶奶和外公、外婆。

從她出生開始一直疼愛她的人突然不在身旁，這件事讓她很難適應。她很寂寞，也覺得生活中缺少了什麼，有時候還會忍不住流眼淚。

不光是這樣而已。

因為爺爺、奶奶和外公、外婆之前都住在附近，所以經常照顧

她，每天都是他們接送紗耶去幼稚園，陪她去醫院看病，有時候還會到他們家做晚餐。

因為有爺爺、奶奶和外公、外婆的協助，爸爸、媽媽也能夠安心工作。

結果他們現在搬走了，爸爸和媽媽只好努力安排時間，卻越來越力不從心，所以最近經常吵架。

「你乾脆把工作辭掉算了，反正只是算時薪的兼職。」

「哪有這麼簡單？雖然是兼職工作，但我現在負責一個大企畫，你不是也知道這件事嗎？」

爸爸說話的語氣很不耐煩，媽媽的聲音也很高亢。每次聽到他們爭執，紗耶都會緊張得心跳加速。

但是，紗耶仍然抱著一線希望。

那就是——黃金週。只要去了爸爸和媽媽的老家，見到爺爺、奶奶和外公、外婆，爸爸和媽媽一定會打起精神。只要大家一起玩，吃到奶奶和外婆做的美味料理，一切都會好起來的。

紗耶扳著手指，翹首盼望黃金週的到來。

沒想到這件事也成為了煩惱。在黃金週的兩個星期前，爸爸說：「到底要去青森還是山口？我們只能去一個地方。」

「這兩個地方都很遠，考慮到路程不可能兩個地方都去，只能選其中一個……我想去青森，因為我想看看爸媽住在怎樣的地方，生活過得怎麼樣。」爸爸說。

「我能理解，」媽媽狠狠瞪著爸爸，「但我也很擔心自己的父母，你知道嗎？」

「這種事我當然知道，但是青森到了冬天就會下大雪，到時候交通很不方便，所以我認為黃金週就先去青森，等暑假和新年的時候再去山口。」

「既然這樣，那暑假的時候去青森不就好了嗎？我們應該先去山口，因為我爸媽年紀比你爸媽大。」

「你為什麼好像在找我吵架，真是令人心煩！」

「你還不是想要堅持自己的意見！」

爸爸和媽媽大吵一架，最後決定兩個地方都去。

他們決定從東京搭飛機去青森，再租車開三個小時的車程去爺爺家。

爺爺家真的很偏僻，周圍都是山，附近有幾戶鄰居一下子就數完了。加上因為下雨，所以沒什麼好玩的，反而覺得很冷清。

爺爺和奶奶很高興，但是紗耶他們一家抵達的時間很晚，所以

一吃完晚餐就上床睡覺了。

隔天也是下雨天，他們哪裡都沒辦法去。

「紗耶，真是對不起，這附近完全沒有你喜歡的商店或是公園。」

「那有沒有小河？能不能去河邊釣魚？」

「雖然有河，但是河水很湍急，不能靠近。」

「怎麼會這樣……那可以去山上玩嗎？」

「可以，但是外面在下雨。」

很快就到了要出發去山口的時間。爸爸和媽媽看到爺爺奶奶的新家，也看到了爺爺和奶奶，所以感到很滿意，但是紗耶一點都不開心。她不想離開爺爺和奶奶，忍不住大哭起來。看到紗耶的淚水，不光是奶奶看了淚眼汪汪，就連爺爺的眼淚也在眼眶中打轉。

爸爸幾乎是硬把紗耶從爺爺、奶奶身上拉開，把她帶到車上。在那之後，他們又搭上了夜間巴士。

巴士上很悶熱，空氣又不好，所以紗耶暈車了。好不容易到了山口，他們又租車開了兩個小時的車程，才抵達外公、外婆家。

外公和外婆也很歡迎他們，紗耶見到外公、外婆很高興，但是除此以外，幾乎沒有什麼好玩的事。那裡是一個港口小鎮，沒有可以撿貝殼的海灘，也找不到一起玩的小朋友。

隔天，他們就要回去東京，紗耶當然又大哭了。

一家人回到東京的家時，全都精疲力盡。尤其是紗耶，她累壞了，還發了高燒，爸爸和媽媽為這件事又大吵了一架。

紗耶躺在床上，聽到房間外傳來的吵架聲，淚水不停的流。沒想到自己那麼渴望擁有的老家一點都不好玩，而且她再次意識到爺爺、奶奶和外公、外婆搬去了很遠的地方，反而感覺更加寂寞，爸爸和媽媽也整天為了這個吵架。

全都是因為紗耶吃了「老家最中餅」，才造成這樣的結果。如

果在吃之前分成兩半，會有不一樣的結果嗎？不對，自己根本不需要有老家。

「比起老家……我更希望爺爺、奶奶和外公、外婆陪在我身邊。」

她突然感到很生氣。

這一切都是「老家最中餅」造成的！

紗耶搖搖晃晃的站起來，從書桌裡拿出嫩綠色的紙，那是「老家最中餅」的包裝紙。她無法原諒自己珍藏著這種東西。

「這種東西……我不需要這種東西！」

紗耶很懊惱也很難過，她把包裝紙撕得粉碎，丟進了垃圾桶。

第二天早晨，紗耶垂頭喪氣的吃著優格，爸爸板著臉喝咖啡，媽媽則低頭看手機。

這時，電話響了。

「是誰啊。」

爸爸咂著嘴，接起了電話。

「喔，老爸？嗯……啊？不會吧？真的嗎？嗯、嗯，那當然是太好了啊！」

爸爸的聲音聽起來很興奮，紗耶和媽媽都歪著頭納悶。爸爸掛上電話後，雙眼發亮的回頭看著她們說：

「我爸媽他們決定搬回來！」

「真的嗎？」

「他們說只是去那裡試住，但鄉下的生活似乎不適合他們，所以他們打算在下星期搬回來。他們之前住的房子原先打算出租，但還沒有找到租客，應該很快就可以搬回來住。」

「太好了！紗耶，你有沒有聽到？爺爺和奶奶要搬回來住了！」

「嗯，太好了！」

這時，媽媽的手機響了。媽媽接起電話，發現是外婆打來的，他們也說要從山口搬回來。

紗耶也聽到外婆在電話中說話的聲音。

「看到紗耶的臉，就忍不住想搬回去，而且我們也覺得還是住了多年的東京比較好。」

「對啊，無論是對你們還是對我們來說，東京就是我們的故鄉，突然去鄉下也無法享受那裡的生活。總之，既然你們要搬回來，我們非常歡迎，那就等你們回來喔。」

「好，你告訴紗耶，我們會盡快搬回去。」

媽媽掛上電話後，一家人都沒有說話，只是看著彼此的臉，三個人都目瞪口呆。

「剛才的話……你們聽到了吧？」

「嗯。」

「你爸媽也要搬回來對吧？」

「好像是這樣。這一個半月的紛亂到底是怎麼回事？」

「嗯，簡直就像是中了邪。總之，現在真是太好了。」

不過最納悶的人是紗耶。

爺爺、奶奶和外公、外婆為什麼會決定搬回東京？她覺得一定是什麼神奇的力量，造成了這樣的結果。

「該不會是……『老家最中餅』失效了？就像手機的電力用完了

一樣。」

不管怎麼說，真是太好了。紗耶鬆了一口氣。

媽媽說得沒錯，對紗耶全家人來說，東京就是故鄉。有老家的人可以享受回老家的樂趣，沒有老家的紗耶，也可以經常跟住在附近的爺爺、奶奶和外公、外婆在一起。

紗耶感到很幸福，露出了笑容。

不過，紗耶只猜對了一半。

爺爺、奶奶和外公、外婆的確是因為「老家最中餅」失效，所

以才搬回東京，但是「老家最中餅」並不是自然失效，而是因為紗耶氣得把包裝紙撕掉，所以才因此失去了效果。紗耶完全沒有想到，「老家最中餅」的效果是靠包裝紙才能維持。

西門紗耶，五歲的女孩。昭和五十一年的五元硬幣。

註：日本每年四月底到五月初有多個節日組成連假，稱為黃金週。長達一週的假期也是日本人常會安排出遊的時節。

4 福爾摩斯豆

歡迎歡迎，你就是六條先生嗎？你好，我姓古石。哪裡哪裡，我才該感謝你，謝謝你特地來這裡。

但是老實說，我有點難為情，因為我完全沒想到自己在居酒屋喝醉時說的話，竟然有人認真的聽進去，而且事後還接到電話，說希望可以詳細了解當時的情況。

啊，沒有，沒有，我並沒有說謊。雖然我那天喝醉了，但是當時說的

話都是千真萬確的。

那我就開始敘述事情的經過了。

沒錯，正如我之前在居酒屋說的，我去了一家神奇柑仔店。

那時候我大學剛畢業，找不到工作，所以靠打工過日子。因為當時要找到一份正職工作並不容易。

但是，即使是那樣的我也交到了女朋友。我們決定同居，一起租了廉價的公寓，把各自的行李都搬了進去。到此為止都沒有任何問題，但是之後我們也完全沒有時間整理行李。

女朋友工作很忙，我也每天打工到深夜才回家。搬去租屋處已經過了好幾天，家裡仍然堆滿紙箱。

既然要在那裡生活，當然會需要用到一些東西，於是我們經常在問：「那個東西放在哪裡？」或是「你知道什麼東西放在哪裡嗎？」

我們沒有整理行李，只是把要用的東西拿出來，然後用完就丟在外面，所以房間變得更亂了。內心微小的煩躁感不斷累積，造成我們兩個人經常吵架。

那天也一樣……女朋友難得做了晚餐。她煮了味噌拉麵，但是一直找不到裝麵的大碗。

「上次吃咖哩的時候不是用過嗎？到底放去哪裡了？」

「我怎麼知道，那天不是你洗碗嗎？」

「嗯，應該不在這裡。」

「你動作快一點，麵都要糊掉了。」

聽到她不耐煩的聲音，我也火大起來。

找不到大碗，房間內堆滿紙箱，女朋友又心情不好。

我覺得煩躁透頂。當我回過神時，才發現自己衝出了家門。

「喂！你要去哪裡？」

女朋友大聲問我，可是我頭也不回，一口氣跑到公園才終於回過神。

我反省了自己的行為，覺得自己做了很不應該的事。女朋友下班回家明明也很累，卻還是努力煮拉麵和我一起吃。我想買一些甜點回家向她道歉。

做決定之後，我就走去附近的便利商店。

啊，之後發生的事你應該已經知道了吧？沒錯，走去便利商店的路上，不知道為什麼，我糊裡糊塗的走進了一條小巷子。

那條小巷子內有一家柑仔店，店門口掛著「錢天堂」的招牌，看起來很古色古香。但是那家店很有吸引力，讓人很想走進去，而且

錢天堂
疑問?香蕉
之不理
蛋糕

店裡的零食簡直棒得無法用言語形容，就連現在回想起來，我都忍不住心跳加速。

雖然我已經不是小孩子了，但還是看著那些零食看得出神。這時，老闆娘從店裡走出來向我打招呼。

老闆娘也是很有個性的人，和那家柑仔店相比絲毫不遜色。

啊，六條先生你應該已經知道了吧？

沒錯，她就是有著一頭白髮，身材特別高大的老闆娘。她穿著一件古錢幣圖案的和服，頭上還插了許多玻璃珠髮簪，打扮得很有味道。最重要的是，她渾身散發出強大的氣場，讓當年還很年輕的

我忍不住有點畏縮。

你問我老闆娘有沒有對我說什麼？有啊，直到現在我依然清楚記得她對我說的話。

「幸運的客人，歡迎你來到『錢天堂』。請問你有什麼心願？只要你說出心願，我可以為你找到適合的商品。」

她就是這麼說的。

當時，我是這樣回答她的：「我希望可以馬上找到想要找的東西。」

那個時候，我因為找不到家裡應該有的東西感到很心煩，覺得只要能夠消除這個煩惱，就可以和女朋友和好如初。

現在回想起來，我覺得真是太不可思議了，我竟然會在柑仔店說這種話。照理說，我應該會回答想要買甜食或是仙貝之類的話。

但是在那家柑仔店，那樣回答似乎是理所當然的事。老闆娘對我嫣然一笑，然後遞給我一個小紙袋說：「那我向你推薦這件商品。」那個紙袋差不多跟手掌的大小一樣，上面畫了很多腳印、一個放大鏡，以及滿滿的問號，上面的貼紙寫著「福爾摩斯豆」。

我當時受到很大的震撼，眼中只有那包豆子。有了那次的經驗我才終於知道，「心被擄獲」原來是這樣的感覺。

我認為那包豆子屬於我，無論如何都要把它買下來。即使花光我身上所有的錢，我也一定要買下它。

沒想到「福爾摩斯豆」很便宜，竟然只要一元。

我大吃一驚，但還是付了一元硬幣買下「福爾摩斯豆」，同時覺得欣喜若狂。

什麼？哦，沒錯沒錯，我付錢的時候，老闆娘的確說了「今天的幸運寶物」之類的話。我記得好像是平成二年的一元硬幣？對不起，這件事我有點記不太清楚了。

當我回過神時，發現自己回到了租賃的公寓前，真的有一種如夢初醒的感覺。

不過我並沒有馬上踏進家門，因為如果馬上回家，一見到女朋友我搞不好又會和她吵架，應該要先想好該怎麼為沒吃拉麵就跑出去這件事跟她道歉。

我想要讓自己的心情平靜下來，這時候，我想起自己拿著一個小紙袋。沒錯，我拿著「福爾摩斯豆」的袋子。

這時我才驚覺，原來那不是夢啊！

我忘了和女朋友吵架的事，急急忙忙打開了紙袋。

袋子裡有各種顏色的炒豆子，上頭還灑了一些香噴噴的辛香料

調味。我一聞到味道，不由得心跳加速，那種興奮的感覺，就像是知道了什麼重大祕密一樣。

另一方面，我也覺得肚子有點餓，於是決定要吃點炒豆子。起初我只是想嚐嚐味道試吃幾顆，好吃的話，再和女朋友一起分享，沒想到「福爾摩斯豆」超級無敵好吃！

豆子香辣酥脆，每吃一顆，就會忍不住想「再吃一顆」，手自動的一顆接著一顆把豆子送進嘴裡，明明我以前根本不喜歡吃炒豆子。

等我回過神，才發現豆子全都吃光了。我有點不甘心，想著紙袋底部可能還會剩下一顆，於是把紙袋倒了過來，結果卻發現紙袋底部貼了一張白色貼紙。

貼紙上寫著「福爾摩斯豆」的產品說明。

你問我記不記得說明書上寫了什麼？我當然記得啊，那些文字深深烙印在我的腦海中。

如果你想跟名偵探一樣，能發現遍尋不著的東西和隱藏的祕密，本店大力推薦這包「福爾摩斯豆」。只要吃了它，你就可以成為夏洛克·福爾摩斯。可是並不是揭穿所有的祕密都是好事，如果你希望發揮恰到

好處的效果，請在吃之前說三次「華生」。

看完說明我才發現為時已晚，因為我已經把豆子全吃光了。

但是我當時想，效果當然是越強越好，所以沒有把這件事放在心上就直接回家了。那個時候，我還不相信「福爾摩斯豆」的威力。

不對，應該說我對它的效果是半信半疑，因為我告誡自己：「都已經是成年人了，竟然還相信這種話，簡直就像是傻瓜。」你應該了解我這種心情吧？

什麼？你想趕快聽後續？好吧。

我女朋友不在家，她可能也生氣離家出走了。

我決定在她回家之前，稍微把房間整理一下，等她回來看到屋子變整齊，心情應該會好一些。

我覺得這是個大好機會，於是就開始整理家裡。我先把餐具放進餐具櫥櫃裡。

「餐具放在哪個箱子裡呢？」

我小聲嘀咕著，在房間內東張西望，結果突然聞到了辛香料的味道。雖然只是隱隱約約的氣味，但那個味道就是我前一刻吃的「福爾摩斯豆」的味道。

我想這個房間裡，說不定也藏了「福爾摩斯豆」。如果真的有，那我一定要找到它！因為我還想再吃！

我不由自主的像狗一樣在房間內四處嗅聞，然後發現有幾個紙箱散發出我正在尋找的氣味。

你是不是已經猜到了？

沒錯，我打開那幾個紙箱一看，裡面都放著餐具，正好就是我想尋找的東西。

「原來如此。」我用力拍了一下大腿，「原來這就是『福爾摩斯豆』的威力，以後無論要找什麼，我都可以輕鬆找到了。」

我興奮不已，腦海中接連浮現自己想要尋找的東西——書、文具、夏天的衣服。

只要在腦中想著物品，我就會聞到「福爾摩斯豆」的氣味，接下來只要循著氣味就可以找到想找的東西。

我把找到的書收進書架，把文具整理好放在書桌上，還把夏天的衣服放進衣櫃。

我整理得很迅速，只要把空紙箱收好，房間就會變得很乾淨。

我想，我女朋友看到一定會很高興，所以面帶笑容的等待她回家。

沒想到等了很久，女朋友一直沒有回來，我也漸漸開始擔心起來。

「這麼晚還沒有回來，她到底是去了哪裡？我是不是該去找她呢？」

當我閃過這個念頭時，再次聞到了「福爾摩斯豆」的香氣。

「看來『福爾摩斯豆』還有找人的功效，太好了。」

我循著香氣追出門外，即使外面吹著風，香氣卻沒有散去，我甚至覺得自己聽到了「在這裡，在這裡」的呢喃聲。

就這樣，我來到一家大飯店的停車場。

我女朋友正站在那裡，但是她不是一個人，而是站在一個我從沒見過的年長男人身旁，那個男人用一臉可怕的表情瞪著她。

我想馬上衝過去，因為我以為她被陌生男人纏上了。

但是事情並不是我想的那樣——

她開始啜泣，男人看了也立刻露出為難的表情，把手放在她的肩上。

我覺得實在太奇怪了，所以就繞到車子後方，並靠近他們，然後聽到了他們說話的聲音。

「我早就說過了，你們才剛交往沒多久就要同居，這樣的決定太倉促了。如果你們是能彼此體諒的情侶，或許還可以有圓滿的結果……你趕快搬回家裡吧！我聽你說了這麼多，爸爸不認為你們能夠繼續交往下去，你應該也很清楚吧？」

「嗯，住在一起之後，不對勁的地方就漸漸冒出來了。我發現了他的缺點，也知道了自己無法忍受的事，所以就覺得很煩……」

「是啊，爸爸一開始就不看好他，我根本不放心把心愛的女兒交給連一份正當工作都找不到的傢伙。看來我猜得沒錯，你今晚就跟我回家好好冷靜一下，再認真思考接下來該怎麼辦。」

「嗯，就這麼辦……我應該會和他分手吧，我感覺沒辦法再和他

繼續交往下去了。」

「這樣也好，那我們走吧。」

女朋友的父親讓她上車之後，就開車離去了。

我愣在原地，完全沒有想到她竟然有那樣的想法……這麼一想，我受到了打擊。

不過我的內心深處也鬆了一口氣，因為當時的我也有同樣的想法：「唉，我和她合不來，沒辦法繼續交往。」

所以當她隔天向我提分手的時候，我很乾脆的回答：「好啊。」

就這樣，我們的同居生活結束了，只不過這件事也在我的內心留下了創傷。不，我確實放棄了她，只是我無法忘記她爸爸說的話，沒想到她爸爸竟然覺得我是「連一份正當工作都找不到的傢伙」。

分手後的那陣子，我完全提不起精神做任何事，也辭掉了打工的工作。當時我應該很空虛，甚至產生了恨意，覺得早知道會發生這種事，還不如不要吃「福爾摩斯豆」。

我就這樣渾渾噩噩的過了一個月。

有一天，我偶然走進了一家超市，看到布告欄上貼了一張尋狗啟事。

就在那一剎那，我靈機一動。

「對啊，就是這個！我有『福爾摩斯豆』的能力，只要妥善運用這種能力，不是可以靠這個賺錢嗎？」

我找到走失的狗，把牠送去給飼主之後，立刻採取了行動。我開了一家小型事務所，開始從事偵探的工作。

結果很成功。

無論是代客尋找走失的家人和寵物，或是調查外遇和揭發祕密，我每次都能快速解決問題，所以在業界很受好評，目前我的公司已經發展成大型偵探社了。

對了，如果你有需要，歡迎委託我們「古石探偵社」。哈哈哈，無論你想找什麼，都能使命必達，因為我至今仍然擁有「福爾摩斯豆」的能力。

對，我吃下那款零食已經過了二十年，效果卻絲毫沒有減弱，因為我每天都看偵探小說避免能力衰退。裝炒豆子的紙袋上有產品說明，最後寫著：「如果想要效果持續，最好每天都看偵探小說。」所以我的偵探事業也很順利，真是太感謝了。

咦？你想委託我調查案子？

啊啊……這個……雖然我不想這麼說，但我想應該不行。

不瞞你說，我也試過要再去那家柑仔店。我和女朋友分手之後，好幾次都想著：「我要再去那家神奇柑仔店！我要找到那家店，這次要買可以找到理想對象的零食！」

但是，無論我再怎麼強烈的祈禱，「福爾摩斯豆」都無法發揮力量。我也試過去找那個老闆娘，但都失敗了。所以六條先生，我無法接受為你找到「錢天堂」的委託，對不起，幫不上你的忙。

啊……我的事對你來說有參考價值？那真是太好了。

那我差不多該告辭了。不，不是工作。今天是結婚紀念日，我要和太太一起去吃飯慶祝。

呵呵，你的直覺很靈光。

沒錯，那是我靠「福爾摩斯豆」找到的真命天女。沒錯，託你的福，我們現在很幸福。

古石猛，四十八歲的男人。平成二年的一元硬幣。

5 同好饅頭

「好，下一節課，就請每位同學和大家分享一下自己的興趣與愛好。」

昂聽了班導森老師的話，立刻臉色發白，腦海中響起殘酷的笑聲。

「哇，好像老頭子！」

「你的興趣竟然是栽種盆栽，你真的是小學三年級的學生嗎？未

免太土了吧。」

「怎麼可能有這種事？太扯了吧。」

昂在小學二年級不小心說出自己的興趣是種植盆栽，結果班上的同學哄堂大笑。他當然後悔不已，早知道就不說實話了。

那天之後，班上的同學幫他取了「老頭」的綽號，一有機會就調侃他。一直到小學三年級時重新分班，昂才好不容易擺脫了這個綽號，真是鬆了一大口氣。

雖然這件事造成他很大的困擾，但昂依然很喜歡種植盆栽。

當初是因為爺爺的關係，他才會愛上盆栽。六歲時，他跟爺爺一起去植栽市集，那一次的經驗讓他迷上了盆栽植物。

種在小盆栽裡的黑松就像大樹一樣威風凜凜；楓葉的每一片樹葉都美麗無比；結了很多小果實的蘋果樹也很漂亮。

每一盆盆栽都是一個完整的世界。每次注視著盆栽，他都有一種神奇的心動感覺，好像在窺視另一個世界。

當時爺爺買給他的小梅樹，至今仍然長得很好。他經常自己修剪樹枝，改變太陽照射的位置，所以每年二月梅樹都會開出芳香宜人的白花。

除此之外，昂還用自己的零用錢買了新盆栽，現在已經蒐集到許多不同種類的盆栽，那些都是他的寶物。

但是他不打算把這件事告訴任何人，他不要再像之前那樣被人嘲笑了。他現在已經升上六年級，再也不會犯二年級那時候的錯了。

所以，當坐在昴前面的裕吾露出不懷好意的笑容說：「昴，你的興趣是植栽對吧？」時，昴只是冷笑著回答他：「傻瓜！這怎麼可能嘛。」

「咦？這不是你二年級的時候自己說的嗎？」

「那已經是幾年前的事了，現在不一樣了。」

「也對啦，盆栽根本不是小學生會喜歡的東西。」

「是啊。」昂在點頭的同時，心裡覺得很不是滋味。

很多盆栽愛好者的確都是上了年紀的人，即使去植栽市集，他也從來沒有看到過像自己一樣的小學生。

「我是不是很奇怪？」就連自己有這種想法也讓他很難過。

如果有和自己年紀相近也喜歡種植盆栽的人，不知道該有多好，哪怕只有一個人也可以。「不對，先等一下，我相信一定有這樣的人，只是他們和我一樣不敢告訴別人。真希望可以找到同好，找到對方之後，我要跟他說『我跟你有相同的興趣』。」昂默默在內心想著。

下一節課，昂雖然向同學謊稱「我喜歡看漫畫和動畫」，但是他想要「尋找同好」的心情並沒有消失。

就這樣到了放學時間。回家途中，不知怎麼搞的，昂竟然走進了一條奇怪的小巷，而且還在巷子裡迷路了。

他來到一家柑仔店，覺得那家店面陳列的零食真是太神奇了。

那裡有「河狸巧克力」、「日記肉桂」、「護身貓」、「彩虹麥芽糖」、「好孩子黃豆粉棒」、「靈感豆沙苞」、「美人泡芙」、「疑問香蕉」等等。

這些零食太有趣、太好玩了，昂立刻被它們吸引了目光。

正當他東張西望的時候，店裡走出一個身穿和服、身材高大的阿姨。光看外表，完全搞不清楚阿姨的年紀到底是年輕還是年長。她的頭髮像雪一樣白，圓潤的臉頰和擦著紅色口紅的嘴唇很搭，總之，她整個人散發出一種異常強大的氣場。

阿姨對他嫣然一笑，像是在唱歌似的說：

「歡迎光臨，幸運的客人。歡迎你來到『錢天堂』，你是不是有什麼心願呢？」

昴一聽到阿姨的問話，立刻就把心裡的話告訴了她。

「嗯……我喜歡種植盆栽。」

「哎喲，你的興趣很棒呢。」

「但是學校的同學並不這麼想，大家都說我很奇怪，所以我不能說出自己的興趣……我相信一定有其他同學和我有相同的興趣，我想和這樣的人當朋友。」

「原來如此，」阿姨點著頭說，「意思就是你想尋找同好是嗎？那我有一樣很適合你的零食。」

阿姨把手伸向貨架高處，拿出一個木盒，在昴的面前打開了蓋子。

淺淺的盒子裡排放著許多圓形的饅頭，擁有淺棕色外皮的饅頭，一看就覺得很好吃，正中央還畫了一朵紅色的花。

昂覺得自己的呼吸快要停止了。這是怎麼回事？自己就像第一次看到盆栽時一樣興奮激動，而且越看越想要把它占為己有。

阿姨用甜美的聲音對昂說：

「這是『同好饅頭』。光聽名字你就知道了，它能讓你一眼就認出和自己有相同興趣的人，我認為這是很符合你心願的商品，你覺得呢？」

「我要買。」

「那請你先付錢，這款零食要五百元。」

柑仔店的饅頭要賣五百元有點貴，但是昴完全沒有猶豫，他把手伸進錢包，拿出唯一一枚五百元硬幣交給阿姨。

阿姨露出高興的表情。

「沒錯沒錯，平成三十年的五百元硬幣，就是今天的幸運寶物。請你稍等一下。」

阿姨拿小夾子夾起一顆饅頭，用薄紙包了起來。她把饅頭交給昴的同時，小聲對他說：

「不管是什麼事情，時機都很重要。你要看準詢問對方是不是同好的機會，知道了嗎？希望你能妥善運用這個能力。」

慶祝派
祝
福
幸運餅乾
幸運餅乾
幸運餅乾
吵架劍球
鸚鵡幣

雖然聽不太懂阿姨這句話的意思，但昂還是點了點頭，從她手上接過「同好饅頭」。

隔天早晨，昂一路跑去學校，他的臉上充滿了喜悅。

昨天他馬上就吃了「同好饅頭」。「同好饅頭」超級好吃，薄薄的外皮口感滋潤，裡面的芝麻餡風味十足，甜味也恰到好處。因為實在太好吃了，他甚至後悔沒有多買幾個。

但是真正厲害的還在後頭。

傍晚，吃完晚餐後，住在附近的爺爺來家裡拜訪。

「我今天去找朋友玩，他送了葡萄給我，所以我拿一點來送你

們。」

昂發現爺爺的頭上有一個很大的紅花符號，和「同好饅頭」上的圖案完全一樣，簡直就像霓虹燈一樣閃閃發亮。

昂眨了眨眼睛，看著身旁的媽媽。他從剛才就一直和媽媽在一起，但他並沒有看到媽媽頭上有任何東西。

不久之後，爸爸回家了，爸爸的頭上也沒有符號。

晚上睡覺的時候，昂躺在床上一直思考這件事。只有爺爺頭上有紅花符號，這該不會是因為爺爺和昂都喜歡盆栽的關係吧？所以對盆栽沒有興趣的爸爸和媽媽，頭上就不會出現符號，應該是這麼一回事吧？

「我知道了！這就是『同好饅頭』的力量！」

於是，隔天早晨昂興致勃勃的跑去學校。學校有很多學生，一定可以找到一個同好。

上學的路上已經有很多學生，昂看著那些學生，可惜沒有人的頭上有紅花符號。

昂沒有放棄希望。他走進學校，朝著六年級教室的方向走去，當他準備經過隔壁班的時候，忍不住大吃一驚。

「剛才是不是有什麼東西在發亮？」他急忙探頭向隔壁班的教室

張望。「找到了！那裡有一個大大的紅花！而且還發出了明亮的光芒！」

那朵紅花出現在一位名叫勇馬的同學頭上。昴從來沒有和勇馬同班過，所以和他不熟，但是昴知道勇馬個子很高、擅長運動，是有很多朋友的人氣王，班上同學經常圍在他身邊。說實話，昴不太喜歡這種類型的人。

沒想到勇馬竟然也喜歡盆栽。

雖然昴很驚訝，但是終於找到同好的興奮感，讓他立刻跑向勇馬。

「勇馬！原來你也跟我一樣啊！真是的，你應該早點告訴我才對！」

他們兩人平時根本沒有聊過天，而且又不是同班同學，因此當隔壁班的昴突然跑來對自己說這番話，讓勇馬露出了困惑的表情。

「呃……你是二班的昴嗎？你在說什麼啊？」

「我在說盆栽啊，你也喜歡盆栽植物對吧？」

「啊？」

勇馬瞪大眼睛，瞬間臉色大變，生氣的說：

「你腦筋有問題嗎？我怎麼可能會喜歡那種東西！」

「但、但是你是真的喜歡對不對？我知道，你不必隱瞞，因為我也和你一樣。」

「那關我什麼事啊！你的事和我無關，噁心死了。」

「你別這麼說嘛，我們是同好啊。」

「不要隨便說我是你的同好！我都說不是了，你到底是怎麼回事啊！」

聽到勇馬大吼的聲音，其他同學紛紛圍了上來。

「喂，勇馬，你怎麼了？」

「勇馬，你在生什麼氣？」

勇馬生氣的指著昂說：

「他莫名其妙的跑來說我喜歡盆栽！」

「盆栽？勇馬喜歡種盆栽？這怎麼可能啊！」

「對啊，昂自己才喜歡栽種盆栽吧？二年級的時候，你不是有這麼說過嗎？」

「不會吧？真的假的？哇，好像老頭子。」

「就是啊。」

「我想起來了，他的綽號不是就叫『老頭』嗎？」

「哈哈哈哈！老頭子的老頭嗎？哈哈哈哈！」

「老頭子，你別來找勇馬的麻煩。」

大家七嘴八舌的調侃他，讓昂的臉紅得簡直就像是煮熟的章魚。

雖然他有很多話想說，但是卻說不出口。

他看向勇馬，但是勇馬根本不看他，還把頭轉到一旁。

「可惡！你明明就喜歡盆栽啊！」

昂火冒三丈的想要撲向勇馬，這時，他的身後傳來一個聲音。

「喂！你們在吵什麼？不要吵架。」

即使不回頭，昂也知道是誰在說話。

說話的人是這個班的班導劍持老師。他很年輕，感覺不像老師，更像是大哥哥。劍持老師是一位英俊帥氣的陽光男，也是運動健將，學生都很喜歡他。

昴不想讓劍持老師看到自己漲得通紅的臉，所以沒有回頭。

這時，有人開口向老師告狀。

「劍持老師，他們沒有吵架，是昴在找勇馬的麻煩，說他喜歡盆栽，但其實是昴自己喜歡盆栽。」

「他很莫名其妙，像個老頭子一樣！」

「他是不是很奇怪？老師，你也這麼覺得吧？」

周圍的學生七嘴八舌的叫了起來，劍持老師想要說些什麼，但昂大叫著打斷了老師的話。

「算了啦！」

他忍無可忍的瞪了勇馬一眼，然後大聲的叫著：

「盆栽有什麼問題！明明就很有特色啊！」

昂逃回自己的教室，重重的坐在座位上，然後趴到課桌上。他的心臟發出撲通撲通的聲音，他很不甘心，也對勇馬很生氣。

「好不容易找到同好，那傢伙竟然不承認，還讓我被大家恥笑，我不能原諒他。」

同時，昂也有點後悔。

「我真傻，仔細一想就知道了，我不應該買尋找同好的零食，而是要買可以結交到同好的零食才對。我相信那家柑仔店一定有賣。要不要再去找那家店呢？不對，在那之前要先搞定勇馬。好，走著瞧！我要確認他真正的想法！」

昂在內心發誓。

幾天之後，昂得知勇馬因為擔任圖書委員，所以放學後會晚回家，於是他先回家一趟，帶了一盆盆栽出門。

這幾天他都悄悄跟蹤勇馬，所以知道他家住在什麼地方，也知道他都是走哪條路回家。昂把帶來的盆栽，放在勇馬回家路上最少有行人經過的位置。

那個榕樹盆栽是他之前央求爺爺送給他的，榕樹的樹幹交錯在一起，簡直就像是編了麻花辮。只要是喜歡盆栽的人，絕對不可能忽略造型這麼優美的盆栽。

昴屏住呼吸，躲在附近的電線桿後方。

不一會兒，勇馬出現了。

勇馬看到馬路旁放了一盆盆栽似乎很吃驚。他警戒的向四周張望了好幾次，但最後還是無法抵抗誘惑。他輕輕拿起盆栽，專注的打量著。他的動作和眼神，散發出「我喜歡盆栽」的感覺。

昂把這個情況從頭到尾看在眼裡，然後從躲藏的電線桿後頭衝了出來。

「我看到了！勇馬，你果然喜歡盆栽！」

「昂、昂！」

勇馬驚慌失措的把盆栽放到地上。

「你、你幹麼啊！我不是說了我不喜歡嗎？你這個人真是糾纏不清耶！我明天要去告訴大家！」

「既然這樣，那我也要給大家看！我把你小心翼翼觸摸盆栽的樣子全都拍下來了！」

昂在說話的同時，舉起了自己的手機。

勇馬得知昂拍下了證據，頓時臉色發白，然後無力的垂下頭。

看到勇馬畏縮的樣子，昂的內心湧現了罪惡感。

他原本的確是打算明天要把剛才拍的影片給大家看，因為大家都覺得勇馬很有男子氣概，所以一定會嘲笑他。昂很想看到勇馬被朋友調侃、嘲笑的模樣。

但是，他這種壞心眼很快就消失了。

現在回想起來，他第一次問勇馬是不是喜歡盆栽的時機很不好。當時周圍有很多其他的同學，而且自己也不應該說得那麼大聲。

勇馬一定是不想讓別人知道他喜歡盆栽，結果昂突然說出他的祕密，他當然要拚命隱瞞。如果昂當時悄悄問他：「我喜歡盆栽，如果你也喜歡，我們要不要成立一個祕密的盆栽社團？」勇馬也許會欣然同意。

所以，現在要重新開始才行。

昂吸了一口氣之後開口問：

「你當我的祕密同好吧。我喜歡盆栽，你星期六、星期天有空的時候，來我家幫我一起照顧盆栽吧。」

勇馬聽到昂平靜的這麼說，驚訝得瞪大了眼睛。他還以為昂會威脅他說：「如果你希望我把影片刪掉，就要聽我的話。」

勇馬立刻察覺了昂內心的想法。

「真、真是拿你沒辦法。好吧，那我就當你的同好。」

勇馬故意用不甘心的表情說完，然後笑了起來。

隔天放學後，昂和勇馬兩個人留在教室，看著各自帶來的盆栽圖鑑和照片。

「你看這個是不是很棒？」

「真的耶，如果能種出這樣的盆栽，那真是太棒了。啊，我也很喜歡這種的，你看你看。」

「哪一個？啊，真的耶，這個樹枝的造型太棒了。」

「對吧？昂，我就知道你懂我在說什麼。」

他們津津有味的討論著，門卻突然打開了，劍持老師把頭探進教室。

「果然還有人。我聽到了說話的聲音，原來還有學生沒有離開。

你們兩個快回家吧。」

「劍持老師，對不起，我們現在就回家。昂，我們走吧。」

但是昂愣在原地，因為他在劍持老師的頭上，看到了一個很大的紅花符號。

劍持老師也喜歡盆栽？他英俊瀟灑、運動全能，經常說自己的興趣是登山和健身，結果他的興趣竟然是種植盆栽？

昂忍不住揉了揉眼睛，但是老師頭上的紅花依然沒有消失。

劍持老師納悶的歪著頭，對一臉茫然的昂問：

「昂，你怎麼了？我頭上有什麼東西嗎？」

「老師也是同好……」

「嗯？那是什麼意思？」

「昂，你在說什麼啊？」

「不，沒什麼。」

昴終於回過神，露出了笑容。

「老師，下次要不要和我們一起去植栽市集？你應該也喜歡盆栽吧？」

劍持老師瞪大眼睛，眼珠子都快要掉出來了。

溝口昴，十二歲的男生。平成三十年的五百元硬幣。

6 親近堅果

一對男女坐在安靜的咖啡館內。女人很年輕，男人有一點年紀，穿著一身高級西裝。女人把一個薄薄的信封交給男人。

「這是我的調查報告。」

「看你的神情，似乎是有理想的結果。」

「對，教授說對了，著眼於學校調查是正確的決定。我透過特殊

的管道，了解最近有沒有學生突然發生了變化，最後發現了一個人。」

「我來看一下報告。喔，原來是十一歲的女孩……這個能力很奇特啊，竟然是讓小孩子主動親近的能力。」

「沒錯，聽說低年級的學生突然都很喜歡她。之前那個女孩想要和學弟妹親近，但學弟妹都躲著她……怎麼樣？要不要我去詳細打聽一下？」

「不，這次我要親自出馬，我想親眼看看這個能力會有什麼副作用……很快就要放寒假了，這個女孩要回父母的老家嗎？」

「對，根據我的調查，她的祖父母住在長野的鄉下，他們每年都會去那裡過年。所有親戚都會聚在一起，還有很多年幼的孩子。」

「新年嗎？那真是太好了。既然會有許多年幼的孩子，那個女孩一定會主動要求照顧那些小孩。」

「教授，你有什麼打算？」

「嗯？我只是想稍微惡作劇一下。可以請你告訴我，她祖父母的家在哪裡嗎？」

男人瞇眼笑了起來。雖然他的長相很紳士，但是笑容看起來卻像爬蟲類一樣冰冷。

「嗚啊啊啊啊啊！」

美湖剛把嬰兒抱在手上，前一刻還笑容滿面的嬰兒頓時大哭起來。

「嗚哇，怎麼了？不、不要哭，好了，乖乖喔，乖乖喔。」

即使美湖輕輕搖晃手上的嬰兒試圖安撫，嬰兒仍然漲紅了臉，聲嘶力竭的大哭。

「哎喲，看來不行啊。」

一旁的母親立刻把嬰兒接過去，結果嬰兒馬上停止了哭泣。

周圍的叔叔、阿姨們全都笑了起來。

「怎麼回事？這孩子似乎只對美湖有意見。」

「美湖，你被討厭了，真可憐。」

「是美湖抱的姿勢有問題，要更溫柔一點，不然以後自己當媽媽的時候會很辛苦。」

「沒錯。」

雖然大家是在開玩笑，但美湖覺得每一句話都讓她很受傷，她要拚命忍耐，才能讓自己不要擺臭臉。

現在是過年期間，大家都回到爺爺的家團聚。這棟房子歷史悠久，周圍都是農田，還有很多房間，即使所有親戚都同時回來住，這裡還是有剩下的空房間，所以每逢過年，大家都會回來爺爺家。

如果美湖現在露出不悅的表情，一定會被罵「大過年的，怎麼可以擺臭臉呢？」而且這些叔叔、阿姨以後看到她還會說：「美湖抱小孩，害小孩哭了，結果她就鬧彆扭」。

大人總是這樣，把小孩子的失敗當成笑話。

所以美湖拚命忍耐，靜靜的看著嬰兒。

那個嬰兒名叫小愛，是沙織表姊的小孩，長得胖嘟嘟的，超級可愛，笑起來簡直就像天使。

美湖原本就很喜歡小孩，她第一眼看到小愛，就愛上了這個小寶寶。

但是小愛似乎不喜歡美湖，美湖一抱她，她就哇哇大哭。

如果是以前的美湖，一定會受到很大的打擊，但是這次不一樣，雖然覺得有點遺憾，但她很快就放下了這件事。

「沒關係，反正還有其他小孩子。」

許多堂、表弟妹都會來爺爺家，總共有七個人，都是二歲到五歲的小孩，讀小學五年級的美湖最年長。

說實話，美湖往年和這些堂、表弟妹相處得並不愉快。照理說，比起大人，小孩子應該更喜歡和自己年紀相近的對象在一起，但是這些小孩都不喜歡和美湖玩。

會有這種情況，八成是因為美湖覺得「我是姐姐，要好好照顧這些弟弟妹妹」，結果太過賣力反倒出現了反效果。她就像大人一樣，開口閉口就對那些小孩說「不可以做這個、不可以做那個」，難怪那些小孩會不喜歡她。

「我討厭美湖。」

「美湖一點都不好玩，我不想和她一起玩。」

去年那些小孩說的話，至今仍然像刺一樣留在美湖的心裡。

但是……

「今年絕對沒問題。」

美湖一邊說一邊把手伸進口袋。她的口袋裡裝滿一顆一顆的東西，她一摸到那些東西，忍不住露出了笑容。

「因為我有『親近堅果』。」

美湖回想起自己買到「親近堅果」的過程。

放寒假前，美湖拿出所有的零用錢，打算去買很多零食，送給過年時會遇到的弟弟、妹妹。

去年那幾個小孩說：「我討厭美湖。」這句話對她造成了很大的打擊。美湖認為只要送他們零食，或許他們就願意和自己親近了。雖然這樣做有點浪費錢，但是她不希望那些小孩一直討厭她。

她這麼做，可以說是為了爭一口氣。不知道是不是因為她一心只想著這件事，美湖走去超市時竟然走錯了路。

「這裡是哪裡？」

當她回過神時，發現自己走進了一條昏暗的小巷子，兩邊都是灰色的建築物，只能看到一小片天空。

她繼續向前走，想要走出這條巷子，沒想到卻在小巷的深處發現了一家柑仔店。

這家店雖然開在完全沒有人的小巷內，店裡的零食卻令人難以置信的充滿吸引力。

「太棒了。」美湖很興奮，如果把那些小孩帶來這裡，他們一定會很高興。

美湖走進柑仔店，打量店裡的商品，思考著該買什麼東西。

裝滿大瓶子的「貓眼糖」，看起來像寶石的「珠寶果凍」，還有「奇蹟牛奶糖」、「冒號馬卡龍」、「貘貘最中餅」、「幫手餅乾」、「醫生汽水糖套組」。

店裡堆滿各種吸引人的零食，但是沒有一款零食讓她想要占為己有，湧現「就是這個！」的想法。

她悶悶不樂的繼續尋找，這時，店內深處出現了一個高大的身影。

那是一位身材很高大的阿姨，她穿著彷彿歷史劇中會出現的古錢幣圖案紫紅色和服，頭髮上插著五顏六色的髮簪。她的頭髮比任何一個老奶奶都還要白，但是皮膚光滑、臉頰豐腴，紅色的嘴脣露出了不可思議的笑容。

「歡迎光臨，幸運的客人。」阿姨用愉快的聲音說。

「歡迎你來到『錢天堂』。」

「你、你好。」

「你好，你有沒有什麼想要的東西？還是要我幫你找呢？我是老闆娘紅子，一定可以為你找到能滿足你心願的商品。」

阿姨說的話很不可思議，但是她的聲音打動了美湖的心。

「想要的東西，能滿足心願的商品……」

當她回過神時，才發現自己情不自禁的說：

「我希望小孩子能和我親近。我以後想當幼稚園老師，我不想要小孩一看到我就哭，或是說討厭我。」

「原來如此，那你覺得這件商品怎麼樣？」

阿姨彎下身體，從貨架下方拿出某個東西。

「這是『親近堅果』。它的效果非常出色，我認為很適合你，你覺得呢？」

阿姨遞給她一個透明的小塑膠袋，裡面裝滿了心形的堅果，而且堅果外頭都裹著桃紅色的砂糖，發出了淡淡的溫暖光芒。塑膠袋的袋口用金色緞帶綁了起來，緞帶上有一張小卡片，上面寫著「親近堅果」。

美湖立刻被「親近堅果」打動了。

「就是這個！我只要這個，這才是我真正想要的！我必須買下它！」

美湖這麼想著，然後不顧一切的大喊：

「我要買！我要買、我要買！」

「『親近堅果』的價格是五十元。」

自己這麼渴望的東西，竟然只要五十元就能買到了！

美湖難掩喜悅的拿出過年紅包的一千元，但是阿姨並沒有收下。

「很抱歉，請你用五十元硬幣支付，你一定有昭和六十年的五十元硬幣。」

阿姨充滿自信的這麼對她說。美湖在錢包內找了一下，果然有一枚五十元硬幣，而且剛好是昭和六十年的。

「你、你怎麼知道我有？」

「因為這是今天的寶物。沒有今天的寶物的人，不可能來到『錢天堂』。」

「我聽不太懂。」

美湖有點不知所措，但還是把五十元硬幣交給了眼前的阿姨。

阿姨用力點了點頭。

「好，我收下了，謝謝你。『親近堅果』是你的了。」

「謝、謝謝！」

「對了對了，你在吃堅果之前，要仔細看一下緞帶上卡片所寫的內容，不然可能會造成嚴重的後果。」

「嚴重的後果？」

「呵呵，總之請你一定要記得看卡片，知道嗎？」

「嗯……」

於是，美湖買到「親近堅果」，就這樣走出了柑仔店。

剛才她在小巷迷路了很久，沒想到現在一下子就找到了出口，順利回到熟悉的街道。

「沒問題，馬上就可以到家了。」

美湖鬆了一口氣，決定馬上看看「親近堅果」的卡片上寫了什麼內容。她等不及了，不想等到回家再看。

如果你希望小孩和動物都願意親近自己，向你推薦這款「親近堅果」。首先，請把袋子裡唯一一個紅色的心形堅果吃下去，然後再把一顆粉紅色心形堅果給你想要親近的對象吃。只要這麼做，你的心願就會實現。但是，吃了紅色堅果之後，千萬不能再吃粉紅色堅果。

「原來是這樣！所以剛才那個阿姨，才會提醒我要先看卡片的內容。」

好險、好險，幸好自己先看了卡片的內容。

美湖暗自鬆了一口氣，打開袋子看著裡頭的堅果。

找到了，有一顆紅色心形堅果，它比其他的堅果大上兩倍。

她把那顆堅果拿出來，放進了嘴裡。

「好好吃！」

裹了砂糖的外皮甜蜜得令人陶醉，裡面的堅果很脆，有杏仁的香氣。她咀嚼著，感覺有種溫暖有力的感覺在全身擴散，這一定就是魔法的力量。

她一轉眼就把紅色心形堅果吃完了，忍不住打量起剩下的「親近堅果」。因為實在太好吃了，她很想要再吃粉紅色的堅果。

「呃，不行！美湖你要忍耐！」

美湖這麼告訴自己，走在回家的路上。

隔天，在學校下課的休息時間，她走向一群在操場上玩的一年級學生。她看到上學時和她同一個路隊的孩子，說著「我給你們吃東西」，然後偷偷把帶到學校的粉紅色心形堅果給他們吃。

親近堅果的效果非常出色，所有吃了堅果的孩子都雙眼發亮，說著：「我想和美湖學姐一起玩！」並且主動親近她。

美湖高興得不得了，覺得這真是太好了。她原本還不太相信，沒想到「親近堅果」真的有效。

那天之後，美湖就很期待新年的到來。在這個新的一年，一定要好好利用「親近堅果」。

她發現親戚的孩子似乎為了搶玩具在爭吵，每個人都放聲大哭，發出尖銳的哭鬧聲。

因為實在太吵了，一旁的大人都摀起了耳朵。

「哇，真是受不了！」

「啊，太可怕了。」

「喂！你們不要吵了！」

「你們鬧夠了沒有！」

就連大人罵人的聲音，也被孩子們的吵鬧聲淹沒了。

這時，美湖大聲的說：

「想要吃點心的人過來這裡！」

那群小孩立刻來到美湖面前。雖然有人還流著鼻涕，有人眼睛和臉都漲得通紅，但他們都想要吃零食。

美湖給他們每個人一顆粉紅色堅果。

「好吃！」

「太讚了！」

「我還要！」

那幾個小孩央求著，但美湖語氣堅定的說：

「不行，每個人只能吃一顆，而且不可以吵，也不可以吵架。」

孩子們注視著美湖，她的心情也很緊張。

結果會怎麼樣呢？她剛才連續說了好幾次小孩子最討厭的「不行」、「不可以」，不知道他們會說什麼？孩子們會生氣的說「好討厭，美湖好壞」嗎？但是只要「親近堅果」發揮威力，他們一定會和美湖親近起來。拜託，希望「親近堅果」趕快發揮效果！

這幾個小孩彷彿看透了美湖的內心，同時笑了出來。

「知道了。」

「既然美湖這麼說，那我們就不要吵架了。」

「美湖，抱我。」

「我也要，我也要！」

「我也要抱抱！」

那幾個小孩就像小狗一樣圍住了美湖。

「陪我玩。」

「我要抱抱。」

「我好喜歡你。」

他們說著這些話，圍著美湖打轉。

美湖的心情非常舒暢，她終於擺脫了去年體會到的那種不愉快心情。現在唯一的遺憾就是小愛，因為小愛還是小嬰兒，沒辦法給她吃堅果，所以無法讓她親近自己。

「等明年再給她吃好了，呵呵呵。」

大人看到這群小孩一下子和美湖這麼親近，個個都目瞪口呆。

「美湖，你真是太厲害了。」

「你們什麼時候感情變這麼好了？」

「嘿嘿嘿，還好啦。」

美湖笑著掩飾，偷偷把「親近堅果」藏進口袋裡，因為她不打算把「親近堅果」的事告訴任何人。

在那之後，孩子們還是一直圍著美湖打轉，每個孩子都不想離開她的身旁。只要美湖說「安靜一點」，他們就像人偶一樣安靜下來；美湖說「我們來畫畫」，他們就一直畫畫。總之，他們很聽美湖的話。美湖很高興，高興到連年菜都忘了吃，一直陪他們玩。

「美湖簡直就是一流的保姆。」

大人對美湖佩服不已，甚至有人給她巧克力作為獎賞。

美湖很得意，挺著胸膛說：

「我會照顧這些小孩，你們可以去買菜，剛才不是說還有什麼食材沒有買齊嗎？」

「可以嗎？那我們就出門囉？」

「要買啤酒和下酒菜，還有煮鹹粥的麻糬也不夠了。」

「但是把這麼多小孩留下來沒問題嗎？」

「他們很聽美湖的話，也很安靜，應該沒有問題。而且那些男人也都在家裡。」

「那幾個男人都喝醉酒在睡覺……不過我們很快就會回來了，應該沒問題。美湖，那就拜託你了。」

「交給我吧，但是你們要把小愛帶出去喔。」美湖提醒她們。

媽媽、阿姨和嬸嬸都點著頭說：「那當然啊，小愛年紀還小，要和媽媽在一起才行。」

「那我們就出門囉。」

「你們要乖喔。」

媽媽們坐上一輛大型休旅車，一起出門了。

原本在聊天的大人一出門，家裡瞬間安靜了下來。突然的安靜讓那些孩子露出不安的表情，因為他們的媽媽都出門了，所以感覺更加浮躁。

其中一個孩子哭喪著臉，其他孩子也跟著哭了起來。

美湖急忙說：「不可以哭！」

瞬間所有孩子都不哭了。

啊，幸好有給他們吃「親近堅果」。

美湖對這一點深感慶幸，思考著自己接下來該怎麼辦。在家裡玩有點膩，要不要到院子裡去呢？這幾個孩子一定會很高興。

爸爸和叔叔他們都喝醉酒躺在和室休息，所以美湖沒有告訴任何一個大人，就自己帶著幾個小孩子出了門。

冬日的天空一片蔚藍，空氣也很冷冽，但是孩子們全都活力充沛。如果是平時，他們一定會馬上跑向不同的方向，但是只要美湖對他們說：「不要離開我身邊。」他們就會順從的聽她指揮。

「很好很好，你們都很乖。」

美湖心滿意足的點了點頭，忍不住思考起來。

這個院子很大，要不要玩鬼抓人的遊戲？還是玩躲貓貓呢？

美湖正在思考的時候，三歲的真之介叫了她：

「美湖……」

「嗯？怎麼了？」

「那是什麼？」

真之介指著院子深處的大倉庫。大倉庫有著磚瓦屋頂，還有看起來很牢固的門。

「那是倉庫，很久很久以前就有了。」

「為什麼會有倉庫？」

「奶奶以前說過，倉庫可以堆放各種不同的東西。」

奶奶說，倉庫很大，裡頭放了很多東西，但是很危險，所以不能進去。

這時，美湖發現倉庫的門竟然打開了一條縫。明明那道門平時都關著，而且還會上鎖。

不知道倉庫裡有什麼東西？

美湖突然有了想去探險的念頭。

「裡面可能會有寶藏，想不想進去看看？」

「我想進去看看！」

「我想進去！我要尋找寶藏！」

幾個小孩頓時歡呼起來。

好，如果被大人發現，挨罵的時候就說：「因為他們拜託我進去看看，我也沒辦法。」

美湖想好了藉口，於是帶著大家走向倉庫。

倉庫的門很重，美湖用盡渾身的力氣用力拉，好不容易才拉開一條可以讓小孩子擠進去的縫。

「呼！這樣就行了，大家排隊進去吧。」

「好。」

最後一個孩子從門縫鑽進去之後，美湖也進入了倉庫。

她第一次踏進倉庫，裡面黑漆漆的，唯一的光源只有從門縫照進來的微弱日光，周圍一片昏暗。

不過睜大眼睛仔細看的話，可以隱約看到堆放在一起的東西。

有箱子，還有看起來很舊的工具和機械，它們身上積著灰塵在倉庫內沉睡，散發出一種古老的味道。

「哇，好暗。」

「寶物在哪裡？」

「美湖，我可以去找嗎？」

「好啊，但是要小心不要打破東西喔。」

孩子們興奮的從美湖身邊離開時——

「砰！」

一聲巨響過後，倉庫內頓時變得一片漆黑。倉庫的門關上了。

美湖急忙跑向大門。她摸到門把後用力拉、用力推，門卻絲毫沒有移動，好像是門在關上的同時，門鎖自動鎖上了。

「怎麼辦？」美湖害怕起來。「那幾個孩子呢？他們在哪裡？」

「你們在嗎？沒事吧？」

她對著黑暗大叫，接著四周傳來小聲的回答：

「在啊。」

「沒事。」

「但是什麼都看不到。」

「美湖，你在哪裡？」

大家的聲音聽起來很不安，但是沒有人哭，應該是美湖剛才對他們說「不可以哭」的關係。

美湖再度體會到「親近堅果」的驚人效果。如果小孩子哭了，她應該會更加手忙腳亂。

「你們留在原地不要動，我去你們那裡。颯太，你在哪裡？」

「我在這裡，在這邊。」

美湖在伸手不見五指的倉庫內摸索，找到了每一個孩子，讓他們集中在自己的身旁。

最後，她終於找到了所有的人。

「別擔心，我們很快就可以出去了，所以不要害怕。知道嗎？不要害怕。」

美湖讓這幾個孩子鎮定下來之後，再度試著開門。她用力敲門，大聲喊著：「快來啊！快來救我們！」但是她的叫聲在倉庫內迴盪，完全沒辦法傳出去。

美湖了解到一件事，只靠自己一個人的聲音太小了。

「大家一起大聲喊，一起叫救命啊！」

美湖一聲令下，幾個孩子便紛紛喊出「救命！」但是他們的聲音很無力，聽起來不像在認真呼救，只是因為美湖這麼說，所以才聽令發出聲音。

為什麼會這樣？剛才他們吵架的時候，不是叫得很大聲嗎？

這時，美湖驚覺到一件事，這該不會也是「親近堅果」的作用吧？原本「親近堅果」是要讓小孩親近自己，但是也可能同時具有讓孩子無法大叫或哭喊的效果。

也就是說，只要他們和美湖在一起，就無法發出能讓倉庫外面的人聽到的尖叫聲和哭喊聲。現在的情況就是這樣。

「糟糕，這下子真的慘了。」

要是不快點離開倉庫，大人會很擔心的。最重要的是，倉庫內沒有空調也沒有暖氣機，到了晚上，大家一定會凍僵。得想辦法大叫，讓外面的人聽到才行。

但是，萬一外面的大人沒有發現呢？如果連續好幾天都被關在這裡怎麼辦？「啊啊，好可怕，可是我要堅強一點才行。」美湖心想。

這時，有人小聲的說：

「我肚子餓了……」

其他人聽到這句話，紛紛叫了起來。

「我也是。」

「我也餓了！而且還很渴！」

「我想吃東西……」

聽到孩子們這麼說，美湖也突然餓了起來。仔細一想，她根本沒有吃年菜，難怪肚子會餓。

她原本想對他們說「要忍耐」，但是最後並沒有說出來。

這幾個孩子已經很忍耐了，他們忍耐著沒有哭，忍耐著內心的害怕，如果還要他們忍耐飢餓，未免太可憐了。

美湖把手伸進口袋，拿出「親近堅果」的袋子。袋子裡還有心形的堅果，雖然沒辦法填飽肚子，但有吃總比沒吃好。

「我分堅果給你們吃，就是你們剛才吃過的零食。」

「太好了，我要吃！」

「我也想吃！」

美湖在黑暗中，依序把堅果放進小孩的嘴裡。

分了三次之後，袋子已經空空如也。

這時，健一握住了美湖的手。

「美湖姐姐，這個給你。」

健一說完，把一顆小堅果放在美湖的手上。

「你給我們吃堅果，但是自己都沒吃吧？這是最後一顆，我不要吃了，你吃吧。」

「小健……謝謝，你好善良。」

健一的貼心讓美湖很高興，她把最後一顆心形堅果放進了嘴裡。上次吃的那顆堅果有杏仁的味道，這次的堅果則是核桃般醇厚的風味。

正當她想要好好品嚐這種美味的時候，突然聽到了可怕的尖叫聲。

「哇啊啊啊！」

「好可怕！」

「這裡好黑，好討厭！討厭、討厭！」

「讓我出去！讓我從這裡出去！」

「媽媽！」

所有孩子同時哭了起來。不對，不只是哭這麼簡單，他們個個都聲嘶力竭的尖叫。

因為事情發生得太過突然，美湖也陷入了恐慌。

「不會吧！這、這是怎麼回事？大、大家安靜，不要哭，不可以哭！」

但是無論她說了多少次「不可以」，那幾個小孩仍然哭個不停。

「為什麼？怎麼會這樣？為什麼大家都不聽我的話？」

美湖對眼前的狀況完全摸不著頭緒，在她緊張慌亂的時候，孩子們越哭越大聲，她的耳朵都痛了起來。再這樣下去，耳膜都快被他們震破了。

美湖無可奈何，只好摀著耳朵蹲了下去，所以也沒有聽到大人在倉庫外說話的聲音。

「喂，他們好像在這裡！」

「是那些孩子！」

「不好了！他們在倉庫裡！」

後來，所有孩子都被順利救了出去。

美湖當然也被臭罵了一頓。

「早就跟你說過倉庫很危險不可以進去，你竟然還帶著那些小孩一起去，到底是怎麼回事？你都已經小學五年級了，還搞不清楚什麼事該做，什麼事不該做嗎？」

被大人罵得狗血淋頭已經夠痛苦了，但還有讓她更難受的事。那幾個小孩離開倉庫後，都不願意正眼看她，一看到美湖就躲到父母身後。

不知道他們是因為遇到危險，所以在心裡埋怨美湖，還是「親近堅果」的效果消失了。

總之，這件事對美湖造成了很大的打擊。而且「被關在倉庫內的小孩順利獲救」這件事，還吸引了地方新聞的記者上門採訪。那個有點年紀的男人看起來不像記者，更像是大飯店的總經理。

美湖羞愧得臉頰發燙。自己的失敗要被登在報紙上，簡直是太丟臉了。

在接受記者採訪的時候，她一直低著頭。

「啊嗚，嗚嗚啊……」

聽到那小小的聲音，美湖終於抬起了頭。

因為有記者上門採訪，所以那些好奇的大人都擠在和室看熱鬧。沙織姐姐也在那裡，沙織姐姐抱著小愛，小愛正對著美湖露出笑容。

小愛天使般的笑容就像陽光照耀在美湖身上，讓她整個心都溫暖了起來。

「搞什麼嘛，原來不吃『親近堅果』也沒問題。」

聽到美湖小聲的嘀咕，記者立刻追問。

「你說的『親近堅果』是什麼？」

「那是有魔法的零食。」

美湖緩緩說出事情的經過，但周圍的大人都插嘴說：「太荒唐了，怎麼可能會有這種事？」只有記者認真專心的聽她說話。

「原來是這樣，所以你是靠『親近堅果』的力量，讓小孩子願意親近你嗎？」

「但是這種能力突然消失了。我們被關在倉庫之後，所有的孩子都哭了起來，即使我說不可以哭，他們也不聽我的話。」

「你在倉庫裡，有沒有做什麼特別的事？有沒有做任何和『親近堅果』有關的事？」

「啊！」

美湖想起來了，她在倉庫內吃了「親近堅果」。那張卡片上明

明寫著「吃了紅色堅果之後，千萬不能再吃粉紅色堅果」，但是在當時的狀況下，她竟然忘了這件事，吃了粉紅色堅果。

聽完美湖的敘述，記者點著頭說：「一定就是這個原因造成的。」他的臉上露出了滿意的表情。

「原來是這樣，因為你沒有遵守注意事項，所以『親近堅果』的效果就消失了。哎呀哎呀，謝謝你告訴我這麼有趣的事。那麼，我差不多該告辭了。」

美湖的媽媽好奇的問站起來的記者：

「請問這篇報導什麼時候會上報？」

「這個嘛，我要和主編討論一下，如果主編同意就可以刊登了。但是也有可能不會刊登，因為一旦發生重大事件或意外，就必須優先刊登那些新聞，這點還請你們多包涵。那我就告辭了。」

記者說完便走了出去，坐上停在門口那輛車子的後座。駕駛座上的年輕女人，在他上車後立刻把車子開了出去。

女人在開車時，從後視鏡看著男人問：

「情況怎麼樣？」

「嗯，詳細了解到很多情況。看來不遵守禁止事項，的確會發生副作用。呵呵呵，那些孩子進去倉庫後，把門關上是正確的行動。」

「真的很巧，他們剛好走進了倉庫。」

「你別傻了，是我引誘他們走進去的。我事先把倉庫的門打開一條縫，小孩子看到平時關著的門打開了，一定會想要進去看看。」

「原來是這樣。教授，你真了解小孩子的心理，太了不起了。」

女人笑了起來。

鳴谷美湖，十一歲的女孩。昭和六十年的五十元硬幣。

番外篇　神祕的計畫

一群身穿白衣的人聚集在白色的房間內，所有人都專注的看著一個男人。

那個男人正在看像是報告之類的東西，最後抬起了頭，用力點著頭說：

「嗯，各位，感謝你們蒐集到這麼多線索，這些資料和我調查到的案例大致上都相同……有關『錢天堂』的資料已經很充足了。」

「六條教授，計畫終於要開始了嗎？」

「對，我們要進入計畫的第二階段，開始著手準備。」

「是！」

「教授，這真是令人期待啊！」

「是啊，太期待了，嘿嘿嘿。」

男人發出了可怕的笑聲。

6月1日 陰天

主人的肚子已經完全沒問題了，所以今天終於開店了喵。不知道今天會有什麼樣的客人上門喵。

7月25日 晴天

今天也熱得讓人受不了喵。主人和工房長正在思考推出「納涼軟糖」、「冰涼涼水羊羹」等新商品喵。

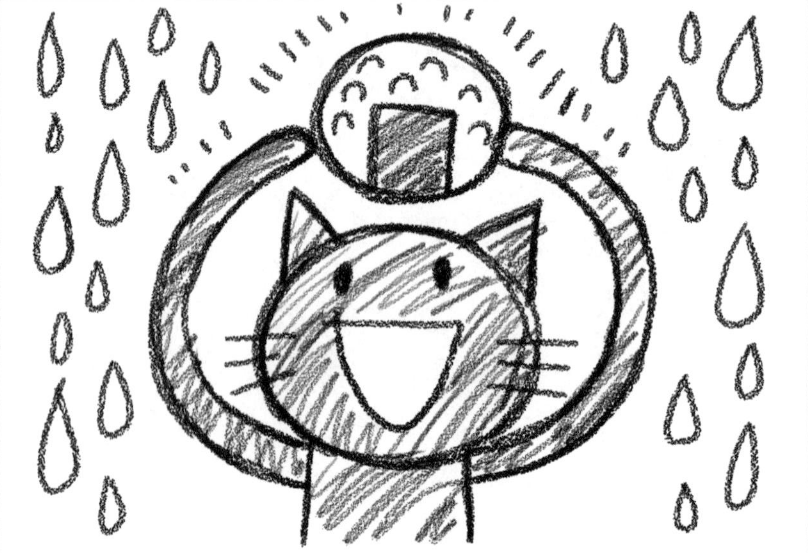

8月13日 下雨

下雨了，天氣變得很悶喵。主人把「淋不溼仙貝」放在店裡喵。這個商品在梅雨季應該會賣得不錯喵。

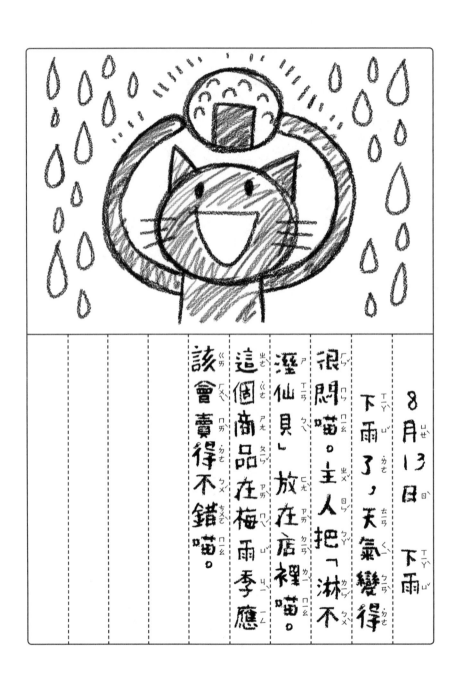

10月2日 晴天

好像有人在打「錢天堂」的主意，我的鬍鬚一直不停的抖動。我和主人會好好保護這家店，避免發生不好的事喵。

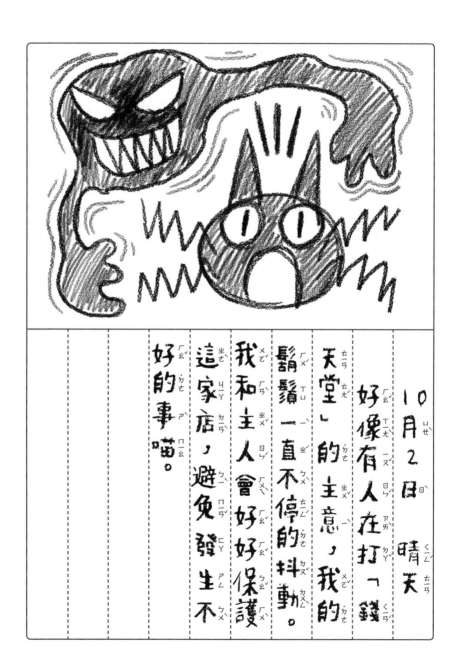

神奇柑仔店12
神祕人與駱駝輕鬆符

作　　者｜廣嶋玲子
插　　圖｜jyajya
譯　　者｜王蘊潔

責任編輯｜楊琇珊
特約編輯｜葉依慈
封面設計｜蕭雅慧
電腦排版｜中原造像股份有限公司
行銷企劃｜陳詩茵、劉盈萱

天下雜誌群創辦人｜殷允芃
董事長兼執行長｜何琦瑜
媒體暨產品事業群
總經理｜游玉雪
副總經理｜林彥傑
總編輯｜林欣靜
行銷總監｜林育菁
主編｜李幼婷
版權主任｜何晨瑋、黃微真

出 版 者｜親子天下股份有限公司
地　　址｜台北市104建國北路一段96號4樓
電　　話｜（02）2509-2800　傳真｜（02）2509-2462
網　　址｜www.parenting.com.tw
讀者服務專線｜（02）2662-0332　週一～週五：09:00~17:30
讀者服務傳真｜（02）2662-6048
客服信箱｜parenting@cw.com.tw
法律顧問｜台英國際商務法律事務所・羅明通律師
製版印刷｜中原造像股份有限公司
總 經 銷｜大和圖書有限公司　電話：（02）8990-2588

出版日期｜2022年1月第一版第一次印行
　　　　　2024年1月第一版第十九次印行
定　　價｜300元
書　　號｜BKKCJ082P
ISBN｜978-626-305-143-0（平裝）

訂購服務
親子天下 Shopping｜shopping.parenting.com.tw
海外・大量訂購｜parenting@cw.com.tw
書香花園｜台北市建國北路二段6巷11號　電話（02）2506-1635
劃撥帳號｜50331356　親子天下股份有限公司

立即購買＞

有聲故事書

國家圖書館出版品預行編目資料

神奇柑仔店12：神祕人與駱駝輕鬆符／廣嶋玲子 文；jyajya 圖；王蘊潔 譯. -- 第一版. -- 臺北市：親子天下股份有限公司, 2022.01
232面；17X21公分. --（樂讀456系列；82）
注音版
ISBN 978-626-305-143-0（平裝）

861.596　　110020789